Les mains nues

DU MÊME AUTEUR

La douceur des hommes, *roman*, *Stock*, *2005*
Étoiles, *nouvelle*, *Flammarion*, *2006*
Col de l'Ange, *roman*, *Stock*, *2007*

Simonetta Greggio

Les mains nues

roman

Stock

ISBN 978-2-234-06019-7

À Yamileht, Alessandra et Anna,
ces femmes admirables
que mes frères ont eu la chance de rencontrer.

Jules ne rappela pas à Jim son : Pas celle-là, Jim !
Il dit à Jim : Attention, Jim ! À elle et à vous !
Bien sûr, pensa Jim, attention !
Mais à quoi ?

Jules et Jim, Henri-Pierre Roché

Ce qu'il aimait chez les chevaux c'était ce qu'il aimait chez les humains, le sang et la chaleur du sang qui les animaient. Toute sa déférence et toute sa tendresse et toutes les aspirations de sa vie allaient aux âmes ardentes et il en serait toujours ainsi et jamais autrement.

De si jolis chevaux, Cormac McCarthy

Cette nuit, comme tant d'autres, je ne dors pas. Je reviens en arrière et je repense à nous, à ce que nous aurions dû être, à ce que nous avons été. J'essaie de comprendre ce qui nous a poussés à agir comme nous l'avons fait. À quel moment la vie nous a donné le choix, et pourquoi nous l'avons dédaigné. Mais changer de direction aurait été renoncer à soi-même. Ce que nous n'avons pas fait.

Le jour où tout a commencé – recommencé, devrais-je dire –, je n'avais aucune idée que, né du cœur même de mon histoire, nid de vipères dans ma réserve de bois pour l'hiver, avant le soir quelqu'un allait frôler ma joue du bout du doigt et, aussi inévitable que l'explosion d'une bombe à retardement, ce simple geste allait se répercuter non seulement sur mon avenir mais aussi sur la vision que j'avais de mon passé.

C'était au mois de juin, il y a un peu plus de quatre ans, maintenant. À quelle date exactement, je ne m'en souviens pas. Tout le reste je le sais par cœur, tout le reste je ne l'oublierai plus. Mais la date, non, même en allant chercher dans un calendrier. Disons que ça devait être au début du mois, car le vêlage, qui débute en janvier, se termine généralement en avril avec la mise en herbe, et la génisse pour laquelle on m'avait appelée était très en retard.

À mon arrivée à la ferme, deux pattes se présentaient déjà, mais le bassin trop étroit empêchait le passage du corps entier. Trop tard pour une césarienne, trop tard pour sauver le veau. J'avais achevé l'embryotomie le plus rapidement possible, mes yeux et mes joues me brûlaient, je les essuyais de l'épaule et du bras en pensant aux gros sourcils du Patron qui buvaient la sueur. Dans des cas comme celui-là, il me manquait rudement.

Le reste de la journée avait été calme, mais la tempête était déjà dans l'air quand j'avais reçu l'appel d'un jeune éleveur de bétail. L'une de ses laitières n'était pas rentrée pour la traite. Nous l'avions trouvée affalée dans le pré, immobile, respirant avec difficulté. Éclairée par les phares de la voiture j'avais posé un cathéter maintenu par un Elastoplaste dans la veine jugulaire, puis avais injecté des tonicardiaques et de la vitamine C. J'avais levé les yeux vers le ciel où des masses de nuages noirs se rassemblaient, s'embrasant de l'intérieur. Le front de l'orage soufflait les premières rafales, violentes comme des bourrades sur l'épaule. Le goutte-à-goutte coulait lentement. J'avais à nouveau traversé le pré pour prendre une couverture imperméable dans la voiture. Le fermier m'avait fixée pendant que je la lui tendais. Un sourire, le premier, s'était ouvert dans son visage. Yeux très enfoncés, si noirs que la pupille se confondait avec l'iris. Joues hâves, chemise et pantalon flottant sur une carcasse chétive. Sans doute personne pour s'occuper de lui. Solitude des campagnes. Désertification.

Je conduisais dans le bourg endormi quand 22 heures avaient sonné. Faisant glisser le toit de ma voiture, j'avais respiré à pleins poumons l'air humide parfumé par les jeunes pousses des platanes, ce fumet âcre qui ressemble curieusement à celui du sperme. Impression d'être seule au monde derrière le pare-brise embué de rosée.

J'étais arrivée chez moi si accablée de fatigue que, malgré la faim qui me tenaillait, je ne rêvais que d'une douche et de mon lit. En ouvrant la barrière, j'avais remarqué la lumière dans la cuisine. Le matin, lorsque j'étais sortie, il faisait encore si sombre que je pouvais avoir oublié d'éteindre. Un vague mal de crâne battait derrière mes yeux. La nuque sur l'appui-tête, je m'étais passé les mains sur le visage, pressant mes tempes avec les doigts, avant de descendre de voiture. Mes genoux avaient craqué. J'étais fourbue.

La porte n'était pas fermée à clé. L'adrénaline avait parcouru tout mon corps, dans ce même frisson qu'on a quand on rate une marche et on se rattrape à la rambarde juste avant le vol plané. Dans la maison, rien n'avait bougé; aucun bruit ne provenait de la cuisine illuminée.

Puis, en contre-jour, une silhouette était apparue au fond de la pièce et s'était dirigée vers moi en silence. J'avais à peine eu le temps de ravaler ma salive que quelqu'un me prenait dans ses bras, me serrant à m'en faire perdre haleine.

Genoux encore tremblants, assise sur les marches de la maison sous la marquise aux vitres scotchées, l'orage continuant de tourner autour de nous sans jamais vraiment éclater, je le suivais du regard pendant qu'il se levait en s'étirant pour aller me chercher une cigarette dans la cuisine. Aussi grand que moi, efflanqué, avec de longs membres démesurés à la manière des chiens qui ont grandi trop vite ; j'étais en train de relever quelques mèches échappées de mon chignon quand il était revenu et s'était penché pour me glisser la cigarette entre les lèvres, me surprenant les bras en l'air. Dans la position de quelqu'un qui se rend. Il me parlait debout, fébrile et nerveux, me regardant de haut en bas, et pendant qu'il ouvrait et fermait la bouche j'avais l'impression de regarder un gros poisson dans un aquarium. Je ne l'écoutais pas. Je pensais à des milliards de choses. À la dernière fois que je l'avais vu. À son père. À sa mère. À maman aussi, par un curieux raccourci. En reprenant mon souffle je lui avais demandé de tout répéter. Il avait repris sa dernière phrase :

– Tu n'as pas changé, Emma, tu sais ? Tu es exactement comme dans mon souvenir.

Même si je n'en croyais rien, même si mes yeux s'étaient entourés de petites rides et mes cheveux mêlés de fils blancs, j'avais senti que pour lui c'était vrai. Que j'étais, un instant encore, la même à qui il avait proclamé, à trois ans, « je t'aimerai depuis toujours », la même qui pouvait lui faire boire les sirops les plus infects et lui couper les ongles des pieds – chose qu'il détestait pardessus tout. La même à laquelle il avait très sérieusement proposé d'attendre qu'il soit assez grand pour l'épouser. Je m'étais rappelé la vague qui m'avait parcourue la première fois que je l'avais tenu dans mes bras ; ses crayons et ses cahiers, ses bouées et ses camions de pompiers, et aussi quand le soir, fatigué par ses jeux, il s'endormait contre ma poitrine en bavant, le pouce entre les lèvres, et toutes ces premières fois s'étaient déployées dans ma mémoire pendant que droite, la tête bourdonnante, je l'examinais. La forme de la bouche, celle des tempes, les longs sourcils sombres et l'inclinaison exacte de l'épi à l'arrière du crâne, je les connaissais par cœur. Je savais tout de lui à l'avance, jusqu'à son odeur, jusqu'à sa manière d'attendre en se balançant imperceptiblement, et aussi cette espèce de confiance en soi, sans effronterie ni insolence, qu'il avait reçue en cadeau le jour de sa naissance. Et comment ne l'aurais-je pas connu si intimement ? Giovanni est la parfaite alliance de deux êtres que j'ai aimés, perdus et essayé d'oublier sans jamais y arriver tout à fait. Je ne l'avais pas revu depuis plus de dix ans, mais en quelques secondes chaque détail de son visage, de son corps, de ses mains m'était revenu, comme si je ne l'avais pas quitté un seul jour durant toutes ces années.

Sa voix basse, en revanche, était toute nouvelle :

– Tu sais, Emmanuelle, tu n'es pas obligée de me garder. Si tu ne veux pas que je reste, il faut me le dire tout de suite.

Un silence, puis il avait poursuivi, avec une moquerie tendre :

– Je peux m'en aller tout de suite, vraiment. On appelle un taxi, je reprends un train, et voilà. Mais je voudrais rester ici au moins ce soir et avoir le temps de t'expliquer pourquoi je suis là. Après tu décideras. J'accepterai et je comprendrai ta décision, quelle qu'elle soit.

– Ne m'appelle pas Emmanuelle. Plus personne ne m'appelle comme ça.

Il s'était tu. Je lui avais demandé :

– Comment tu m'as trouvée ?

– Ce n'est pas sorcier. Internet. Des Emma Adriansen, vétérinaires, il n'y en a pas tant que ça.

– Est-ce que tu as appelé tes parents ? Ils savent où tu es, au moins ?

Il avait secoué la tête. J'avais soupiré :

– Alors, fais-le tout de suite.

Il avait protesté :

– Pas maintenant. J'ai trop faim. On mange d'abord.

– Même pas dans une minute. Immédiatement. Et tu me les passeras ensuite.

Il avait souri, narquois :

– Toujours la même, c'est bien ce que je disais.

Malgré ses croquenots de chantier, son jean coupé au genou et son T-shirt trop large, il avait l'air propre et frais, et moi j'étais si froissée, hirsute et vêtue d'habits qui sentaient le vieux crottin et les médicaments que j'en avais eu honte. J'étais partie prendre une douche sans rien ajouter. Ensuite, enveloppée dans mon peignoir, j'étais redescendue à la cuisine où je l'entendais traficoter avec les casseroles.

– Tu t'es lavé les mains, avant ?

– Dis donc, Emma. Tu sais quel âge j'ai ?

– Oui. L'âge des catastrophes naturelles.

Ses longs cheveux m'avaient balayé le visage pendant qu'il s'asseyait à table près de moi. Au passage, j'avais remarqué une petite étoile noire tatouée au creux de sa nuque. Pendant quelques secondes il avait observé l'omelette d'un regard critique, puis, retirant ses lunettes rondes en métal et les essuyant dans la serviette, il avait dit, avant d'attaquer son assiette :

– Qu'est-ce qu'on fait maintenant ?

Gio n'avait que quelques heures la première fois que je l'ai vu, minuscule dans les bras de son père, le crâne lisse, les yeux grands ouverts encore aveugles, les poings fermés sur des ongles aussi minuscules que des grains de riz. Une pierre s'était détachée de ma poitrine et un torrent de larmes avait inondé mes joues, mouillant ma bouche et mon cou.

Raphaël, embarrassé, avait fouillé sa poche et m'avait tendu un bout de mouchoir chiffonné. J'aurais préféré qu'il me prenne contre lui et me console, mais il avait détourné le regard.

Le soir même, alors que Micol était encore à la clinique, il était passé chez moi, insistant pour qu'on aille tous les deux fêter la naissance de Gio. Nous avions erré toute la nuit de comptoirs en bars d'hôtel pour finir au zinc d'un sombre bistrot où les lueurs de l'aube ne pénétraient pas. Dans la voiture il m'avait embrassée. Nous étions restés longtemps dans les bras l'un de l'autre derrière les vitres embuées, froissant nos vêtements et nos visages, trempés de sueur, à moitié fous. Il voulait que je lui pardonne et que je lui revienne. Jamais encore, depuis que Micol était entrée dans nos vies, depuis qu'il m'avait quittée, il ne me l'avait demandé.

Notre histoire s'était terminée une nuit de réveillon, trois ans plus tôt. Pas de manière pitoyable, toutefois. J'avais serré les dents et quitté les lieux du désastre avant de tomber à genoux. Mais je n'avais pas eu le cœur de rentrer dans ma mansarde. J'avais passé cette première nuit de l'année dans le lit de maman à l'écouter respirer, son cœur battant, doux et régulier, sous la saignée de mon bras.

Il m'avait fallu de la bravoure pour panser mon amour-propre et mes meurtrissures ; il m'avait fallu endosser une armure aussi, car je les rencontrais ensemble, Raphaël et elle, partout où j'allais. Il est vrai que nous avions des passions communes, les mêmes connaissances et les mêmes lieux de rendez-vous… les mêmes bars, les mêmes boîtes, les mêmes horaires, le même genre de vie. Lentement, avec de larges détours d'abord, puis en cercles de plus en plus serrés, Micol s'était approchée de moi. Patiemment, obstinément, elle avait fini par m'apprivoiser. Ça n'avait pas été très difficile. Elle et Raphaël étaient les seuls êtres réels à mes yeux.

La jeunesse, sans doute, et une certaine souplesse, m'avaient permis de me faufiler à ce moment-là entre l'amour que j'avais toujours pour Raphaël et la fascination que je ressentais pour elle.

Micol était comme un jeune boxeur qui n'a jamais été battu. Elle était tout ce que je ne suis pas, la Daisy de Gatsby et l'héritière des Finzi Contini courant après sa balle de tennis dans un jardin depuis longtemps disparu. Je ne sais pas si, comme moi, Raphaël avait été sensible à la grâce insolente de ceux à qui tout est dû. Je ne sais pas s'il n'avait vu en Micol, avec l'aveugle sens de possession des mâles, qu'une svelte cascade de boucles blondes, une délicate couleuvre aux yeux d'escarbille ou s'il avait été foudroyé par l'exacte sensation d'être en face de quelqu'un qui allait changer son existence. Je n'avais pas forcément cru que Raphaël et moi c'était pour toujours, je ne m'étais même pas posé la question, d'ailleurs, mais je l'aimais. Avant lui, j'avais eu des amants, et après lui j'en ai eu aussi, mais c'était mon mec, mon amoureux, celui à qui j'avais fait des promesses et qui m'en avait fait aussi, et si Micol n'avait pas déboulé dans notre histoire, ma propre histoire ne se serait pas déroulée de la même manière.

Presque vingt ans plus tard, leur fils, arrivé chez moi un soir à l'improviste, cassait des œufs dans une poêle et me demandait ce qu'on allait faire pendant que le premier orage de la saison roulait dans un ciel noir, si lourd qu'on attendait impatiemment qu'il finisse par crever.

Certains événements vieux de dizaines d'années sont aussi frais que s'ils avaient quelques heures. Certaines minutes s'impriment à jamais dans la mémoire. Assise dans le noir, la fenêtre ouverte, une vieille couverture enroulée autour de moi et un verre de whisky à portée de la main, je repense au Paris de ce temps-là, au Marais noir, croulant et humide des années quatre-vingt.

Longtemps, Micol, Raphaël et moi avons habité ensemble au cœur de ce quartier. Quatre salons en enfilade avec des cheminées et une cuisine noircie, plafonds hauts et planchers usés, cet endroit incroyable, sous-loué à un ami de mes parents parti vivre ailleurs, était une poche de résistance, un loyer 48 qui se prolongeait à force de lettres d'avocats. Les fenêtres étaient encombrées de papyrus en pot. Des miroirs tavelés, si grands qu'ils semblaient avoir été montés sur place, occupaient plusieurs murs de l'appartement. Les vastes cheminées aux manteaux de marbre fendillé marchaient à plein régime jusqu'à la fin du mois de mai, lorsque du jour au lendemain la canicule s'installait.

J'avais lâché ma mansarde du bois de Vincennes et cessé d'aller aux cours. Je travaillais quatre nuits par semaine dans un bar et passais le plus de temps possible auprès de maman, soulageant papa et allégeant l'emploi du temps de l'infirmière. Je vivais sans me poser trop de questions dans l'étrange atmosphère qui s'était créée. Notre vie commune s'était mise en place tout naturellement et, même si Raphaël et Micol avaient gardé chacun ses pénates, c'est chez moi qu'on dînait le soir, tous les trois ou avec des amis, chez moi qu'on couchait la plupart des nuits.

Micol était délicieuse, blonde et gâtée. Plus jeune que Raphaël et moi, étudiante en histoire de l'art, elle aimait s'encanailler dans des aventures un peu loufoques. Nous dormions dans des pièces aménagées comme des tentes berbères, sur des couches qui colonisaient tout l'espace des salons. Tôt le matin, Raphaël prenait sa douche et enfilait son costume noir et sa chemise blanche pour aller au bureau, aussi sobre, méticuleux et sévère le jour qu'il était doux, extravagant et inspiré la nuit. Il travaillait dans un studio d'avocats spécialisés dans la défense des droits de l'homme.

Micol et moi nous levions plus tard. Elle se lovait dans un fauteuil en cuir râpé pour nos interminables petits-déjeuners, thé pour elle, café pour moi. Le premier paquet de cigarettes de la journée y passait. Les manches d'un pull recouvraient ses mains jusqu'au bout des doigts, un short de squash de Raphaël lui arrivait à mi-cuisses ; ses courts cheveux bouclaient sur la nuque, caressant son long cou. Nous étions tellement dissemblables que l'on aurait pu appartenir à deux espèces animales différentes. Elle, avec sa tête aristocratique, sa nature perfide avec gourmandise, vipérine avec joie, me fascinait. Un charme dont elle jouait avec une cruelle innocence, insouciante du bonheur comme de la peine qu'elle pouvait dispenser.

Après avoir fait un sort à son omelette, Gio m'avait examinée en silence tandis que je patouillais mon assiette à peine entamée. J'avais fini par l'écarter pour me verser un fond de whisky.

Gio ne m'avait pas laissé le temps de parler avec ses parents au téléphone. Je n'avais pas insisté, soulagée au fond et remettant cette conversation à plus tard. J'étais lasse, courbatue et troublée. Je me demandais ce qu'il pouvait connaître de notre histoire, si quelqu'un lui avait raconté quelque chose. Mais qui aurait pu le faire ? Nous trois mis à part, personne ne savait quoi que ce soit, et je ne voyais pas Raphaël ou Micol parler de notre curieuse relation à Gio, lequel ne devait se souvenir de moi que comme d'une amie de famille un peu particulière ayant partagé de très près sa prime enfance. En réalité, sa perception du rôle que j'avais tenu ne pouvait venir que de ces sortes de légendes qui se créent au sein des noyaux familiaux. Quelques photos, quelques vidéos, des commentaires au fil du temps. Je n'avais pas eu le courage de le questionner. Je repensais à ces années avant sa naissance, à ce qui nous semble si éphémère mais qui, d'une manière qui nous échappe, n'en finit plus de durer.

Le jour de son mariage, Micol exhibait ses longues jambes aux genoux osseux, la taille déjà bien ronde cachée sous une baby-doll candide couverte de plumes de cygne. Juchée sur des talons vertigineux, elle arborait un sourire de chat à fossettes et l'air sot et incroyablement sexy d'une poupée habillée par un couturier givré. J'avais délaissé mes éternels jeans, boots, chemise et veste en cuir pour une tunique et un pantalon vaguement indiens. C'était à la fin du mois d'avril et il faisait trop chaud. Les saisons à Paris ne se succèdent pas comme ailleurs, ce sont parfois juste des accès de fièvre, des plages glacées ou brûlantes qui se fichent du calendrier. La cérémonie, simple et chic, s'était transformée en bringue mémorable après le départ des familles. Quelqu'un avait proposé un pique-nique sauvage au parc des Buttes-Chaumont.

Une dizaine d'amis parmi la garde rapprochée étaient allés acheter champagne, pizzas et chichis, chercher nappes et couvertures. Nous avions chanté, joué à cache-cache, mangé, bu. Le soir était tombé mais personne n'avait eu envie de rentrer. Nous nous étions laissé enfermer dans le parc. La nuit s'était enfiévrée de chuchotements et de bruits de baisers, de rires étouffés et de conversations à voix basse, rompus par les cris des chouettes. Nous étions ressortis au petit matin en sautant par-dessus les grilles. Échevelés, les yeux rouges, très éméchés. Micol avait perdu ses plumes, sa baby-doll était verdie de mousse ; une feuille et des brindilles restaient accrochées au voile qu'elle laissait flotter derrière elle. Son alliance toute neuve, ornée de minuscules brillants, étincelait. Nous étions très proches à ce moment-là, mêlés les uns aux autres comme des enfants prenant leur bain dans une baignoire trop étroite.

Deux mois plus tard Giovanni était venu au monde sans peine, comme on glisse sur une pente enneigée. Et le soir même son père m'avait prié de lui pardonner. Mais lui pardonner quoi ?

Gio m'avait demandé s'il pouvait terminer mon omelette. J'avais poussé mon assiette vers lui et m'étais versé encore un peu de whisky que j'avais bu cul sec. La goulée m'était remontée au nez, noyant mes yeux de larmes. Gio s'était arrêté de mâcher et m'avait regardée, puis avait avalé sa bouchée et avancé sa main sur la table pour toucher la mienne, mais je l'avais retirée.

Les heures s'écoulent dans un étrange espace-temps lorsqu'on plonge dans le passé. Je me vois à travers les années, une série de poupées russes, la plus petite, toute neuve, loin dans le temps, la dernière encore debout dans son vernis écaillé. Il fait frais la nuit maintenant, l'automne est déjà bien entamé. Je m'enroule plus étroitement dans ma couverture et j'allume une autre cigarette.

Le lendemain de son arrivée, Gio et moi avions discuté tard, assis sur le petit pont près de la maison, les pieds suspendus au-dessus des moulinets, quelques filaments d'algues dansant dans le courant. Un frôlement au-dessus de nos têtes nous avait fait lever les yeux sur un martin-pêcheur : du bleu, du rouge, du vert, une flamme, un vif-argent, un coup d'ailes et c'était parti.

Les moustiques rendus inoffensifs par une brise qui sentait un peu la vase, des libellules ridant la surface de l'eau, le noir nous entourant peu à peu dans un jeu d'ombres chinoises, nous avions sombré dans une partie de questions-réponses aussi épuisante que les « pourquoi » de son enfance. Il aurait été naïf de croire son discours improvisé. Il l'avait préparé à l'avance, dans le train probablement, ou peut-être, qui sait, avant même de fuguer :

– Je veux me battre pour mon futur et pour ceux qui viendront après moi, au nom des animaux et des plantes et de toutes les espèces qui s'éteignent tous les jours sur terre.

Une pause, puis :

– Tu sais, Emma, je n'ai pas peur de dire les choses comme je les vois, même si on va se moquer de ce que je dis parce que je ne comprends rien aux logiques économiques, rien à la politique, et que sans ça mon discours ne vaut rien. Mais, tu vois, moi je crois que c'est beaucoup plus simple que tous ces raisonnements avec lesquels on essaie de m'embrouiller : il faut donner aux gens ce dont ils manquent, toit, nourriture, instruction, et rendre aux animaux ce qu'on leur a volé, la liberté. Il faut être plus bête que je ne le suis pour ne pas voir que l'argent se fait en spéculant, avec des armes et des canettes de soda, entre autres. On invente des guerres pour ça. Je n'ai pas les solutions, mais je n'ai aucun respect pour ceux qui nous gouvernent et qui devraient en proposer. Ces gens mentent comme ils respirent, et tout le monde fait semblant d'y croire. J'en ai marre d'être en rogne tout le temps.

Il s'était un peu trémoussé après cette longue déclaration, l'air satisfait de lui-même. J'étais restée quelque temps muette avant de lui demander :

– Tu en as parlé à tes parents ?

– Je ne vois pas ce que mes parents viennent faire là-dedans.

– Normalement, ils sont responsables de ta pomme, mon petit gars, je lui avais rétorqué. Et puis, ils ne sont pas idiots, ils pourraient t'aider… Qu'est-ce qu'il y a ? Pourquoi tu ris ?

– On voit que tu ne les fréquentes plus depuis un moment.

– Qu'est-ce que tu veux dire ?

– Ça va faire combien de temps que tu es partie ? Depuis la naissance des jumelles, non ?

– Plus ou moins.

– Pff. Pas sûr que tu les reconnaîtrais.

Gio avait attrapé au vol un moucheron qui voletait près de son visage puis avait ouvert la main, le laissant s'envoler. Je m'étais risquée à évoquer ce qui me tourmentait :

– Ils t'ont parlé de moi ?

– Pourquoi tu crois que je serais là, sinon ?
– Qu'est-ce qu'ils t'ont dit ?
– À moi, rien. C'est entre eux qu'ils en parlaient. Et ils croyaient que je ne les entendais pas. Pourquoi les adultes pensent que les enfants sont sourds ?

Longtemps nous avions gardé le silence après ça. Une étroite lune jaune s'était calée entre les branches d'un arbre. Gio avait levé les yeux au ciel comme pour calculer le temps qu'il lui restait pour me convaincre, puis, enlevant ses lunettes et les frottant sur son short, il avait murmuré :

– Comment on peut vivre dans ce monde quand on n'est pas d'accord avec ce qui s'y passe, dis ?
– Tu as quatorze ans, Gio.
– Quinze, dans pas longtemps. Et ça ne change rien.
– Je pense que tu as fait une bêtise. Tes parents ne sont pas d'accord pour que tu restes. Tu le savais bien, non, même avant ton coup de fil d'hier soir. Tu devrais déjà être rentré, d'ailleurs.
– Je sais, avait-il soupiré. Mais tu vois, Emma, l'école recommence en septembre, et il est hors de question qu'ils m'emmènent en Toscane avec eux, cette fois-ci. Au point où j'en suis, plutôt partir en stop pour l'Alaska.
– Qu'est-ce que tu as contre la Toscane ?

– La *tenuta* des grands-parents… tu connais ? Tu en as entendu parler, non ?

– …

– Alors, imagine une énorme villa briquée à mort où le soleil ne rentre jamais, de peur que ça abîme les tapisseries pendues aux murs depuis des siècles. Des domestiques aussi pimpants que la famille Addams parqués dans les sous-sols. Je continue ?

– …

– Les parties de bridge qui n'en finissent pas. Les vouvoiements et les dîners sur la *terrazza* pendant lesquels on nous appelle, les jumelles et moi, pour faire les beaux. Grand-mère qui se sert de *La Divine Comédie* comme d'un *Who's Who*, et qui n'invite que ceux qui ont leur nom dedans.

– Oui, bon. Ça, ce n'est sûrement pas de toi.

– C'est maman qui l'a dit à quelqu'un un jour au téléphone, mais c'est vrai, tu sais ! Et puis ce n'est pas à toi qu'on impose la compagnie des demoiselles Tolomei pour le stage de golf. Elles sont trop nulles, en plus ! Putain, je te jure, Emma, je n'ai qu'une envie quand je sors de là, c'est me barrer pour aller vivre dans une cabane !

– Ne dis pas putain, c'est pas beau. Et d'abord, qu'est-ce que tu ferais en Alaska, tu chasserais le caribou et tu mangerais des baies ? Outre le fait qu'il s'agit là d'un choix, comment dire, extrême, tu es beaucoup trop jeune pour ça.

– C'est la chose la plus bête que je t'ai entendue dire.

– D'accord. N'empêche qu'il y a des lois.

– Ben, j'essayerais de les contourner, tes lois.

– Joli projet. Et ce ne sont pas *mes* lois.

– Est-ce que j'ai le choix ?

– On a toujours le choix.

– Pas à mon âge, ma vieille.

– Ne m'appelle pas ma vieille.

– Ne me prends pas pour un idiot, alors. S'il te plaît.

Si d'un côté je n'avais pas tenu à en savoir plus sur ce qu'il pouvait avoir entendu me concernant, d'un autre j'avais très bien compris pourquoi c'était moi qu'il était venu voir. Comme Gio, je pense que la violence se nourrit de violence et que toute brutalité infligée à un être vivant, humain ou animal, se retourne contre chacun de nous. Malgré tout, la description des vacances familiales m'avait mise en joie. J'imaginais Raphaël ménageant ses vieilles convictions jacobines sous ses nouvelles coutumes mondaines, emberlificoté dans les baisemains aux marquises, arborant un enthousiasme bergmanien. Je n'avais pas dévoilé mes réflexions à Gio, préoccupée par cette deuxième nuit qu'il allait passer sous mon toit alors que ses parents lui avaient enjoint de rentrer, et en même temps ravie par sa désobéissance. Admirative aussi devant son insoumission.

Nous étions lentement rentrés à la maison, nos pas s'enfonçant dans l'herbe humide avec un bruit étouffé, les chevilles mouillées par la rosée.

Le clocher bat 2 heures. Un clocher plus loin y répond quelques secondes après. Le miroir de ma chambre me renvoie la silhouette d'une femme aux longs cheveux attachés, un grand lit en cuivre aux draps froissés, une fenêtre aux rideaux gris découpée dans le noir au-dehors. Impossible de dormir. Peut-être qu'à partir d'un certain âge, les heures pèsent double. Peut-être qu'on se met à décompter les nuits. Je regarde mon reflet, l'image floue de celle que je suis devenue. Je repense à nous trois, Raphaël, Micol et moi. Tout est allé trop vite, alors que je croyais avoir le temps.

Je revois Gio, la soif dans ses yeux, la confiance aussi.

Son arrivée avait marqué la fin d'une longue période calme, des années pendant lesquelles j'avais cherché la justice plutôt que l'argent, la liberté plutôt que l'amour, la beauté de la nature plutôt que n'importe quel pouvoir, et quelques vérités qui durent en échange de ce qu'on appelle LA vérité, cet absolu pour lequel on tue et on meurt. Ma vie me ressemblait. J'étais en adéquation avec moi-même. Je croyais que ça allait continuer. Je ne savais pas ce que je sais maintenant. L'aurais-je su, d'ailleurs, est-ce que cela aurait modifié d'une manière ou d'une autre le cours des événements ?

Après notre conversation près de l'eau, j'avais fait la vaisselle alors que Gio allait se coucher. L'ampoule au-dessus de l'évier illuminait un arc de cercle, le reste de la pièce était plongé dans l'obscurité. Mains dans l'eau savonneuse, j'étais habitée par un sentiment d'inquiétude et d'amusement mêlés. Dehors, les appels des rapaces nocturnes rompaient par instants le silence, suivis des chuchotements et des froissements plus doux d'un mulot ou d'une souris en balade. Dans la cuisine il faisait tiède, les assiettes propres s'empilaient, les verres s'égouttaient. Ensuite j'avais fumé quelques cigarettes sous la marquise. Il m'arrive très rarement de le faire pendant la journée car j'ai tout le temps les mains dans la gadoue, la paille, le sang et le reste, mais je me rattrape le soir – et la nuit. J'étais rentrée à contrecœur malgré ma fatigue, soucieuse, contrariée, et en même temps curieusement gaie.

Devant la chambre où Gio venait de s'endormir, porte ouverte, son paquetage à côté du lit, je n'avais hésité qu'une seconde, avec l'impression d'avoir déjà vu mille fois cette scène au cinéma. Seulement, d'habitude, ce sont les hommes qui poussent la porte des jeunes filles endormies.

Un bras derrière la tête, l'autre le long du corps, Gio était nu, étalé en biais, les couvertures en tas, l'oreiller par terre. Sur son visage penché vers l'épaule, l'arête du nez aquilin légèrement bosselé, comme celui de son père, sculptait de son ombre une joue pas rasée, velours et papier émeri mêlés. Ses lèvres entrouvertes étaient celles de sa mère, pleines et arquées. Projetées aux deux coins du matelas, les jambes se dessinaient contre le blanc du drap, fortes et droites, longues jambes d'un garçon qui aime le ski, la course, le foot. Ses mollets et ses chevilles étaient couverts de poils alors que le reste de son corps, imberbe, gardait un charme androgyne. Ses grands pieds sortaient du châssis. Gio avait des traits plus réguliers que Raphaël, sans cette asymétrie qui donnait un air de faune à son père. Il avait aussi la peau très blanche de Micol, et de Micol encore le noisette des yeux. Mais cette grâce, cet équilibre entre enfance et âge adulte, n'était qu'à lui. Comme s'il avait senti mon regard peser, il avait pris un bout de couverture et, s'enroulant dans les draps déjà bien entortillés, s'était tourné de l'autre côté.

Je n'ai jamais été une sainte, je ne le suis pas maintenant et je ne l'étais pas non plus à ce moment-là. Ma vie sexuelle était, par la force des choses, d'une discontinuité qui confinait parfois à la licence, le plus souvent à l'ascèse. Mais, même si mon genre d'existence m'avait donné une liberté physique et mentale à laquelle les femmes ne sont pas accoutumées, je n'avais pas grand-chose à me reprocher. De plus, mon point de vue personnel était, et reste, quelque peu clinique : je pense que si les femmes, comme les hommes, devaient jouir pour faire des enfants, le monde serait nettement moins peuplé. Dans ma solitude autarcique, rien ne me manquait que les mains d'un homme sur mon corps, et encore, pas si souvent que ça.

Je me serais sans doute contentée de services sexuels payants si cela avait été possible, mais, à défaut, je m'arrangeais autrement. Jusqu'à trente ans j'avais aimé le sexe parce que j'aimais les hommes. Ensuite, ç'avait été le contraire : j'avais toléré les hommes parce que j'avais découvert que j'aimais le sexe. Je pouvais passer des mois entiers sans même y songer, puis soudain j'étais prise d'une fringale enragée. Je me concédais alors un week-end dans une ville assez loin de mon lieu de travail pour que personne ne m'y connaisse. J'y écumais des bars obscurs, j'y buvais quelques verres, je me laissais dériver. Je trouvais un peu d'apaisement au cours d'une nuit volée aux côtés d'un amant occasionnel. Risible consolation : combien de fois en fermant les yeux n'avais-je pas appelé un nom, toujours le même.

Ensuite, je m'empressais d'oublier. Je savais qu'une virée ou deux s'étaient ébruitées, mais les cancans se tarissaient d'eux-mêmes par manque de combustible. Je pensais que les fermiers, les éleveurs, reconnaissaient ce qui comptait : mon dévouement. J'étais à leurs côtés par tous les temps, sans mari ni enfants pour m'entraver, depuis plus de dix ans je n'avais pas pris de vacances et je n'aimais pas le dimanche. Le reste ne pouvait pas les intéresser, pensais-je.

Encore une idée dont il aura fallu déchanter.

Au tribunal, on m'a posé une question à laquelle il m'a été impossible de répondre. On m'a demandé si à mon avis Gio était un enfant. Je suis restée muette. Si on me demandait la même chose maintenant, je dirais oui. Oui, c'était encore un enfant mais c'était déjà un homme, un vieux monsieur aussi, comme le sont certains êtres d'un bout à l'autre de leur vie. Entiers. Comme d'Aurevilly, le Patron, ou comme ma grand-mère paternelle, morte en tombant des premières branches de l'arbre duquel elle était en train de voler des abricots, à quatre-vingt-un ans.

– J'ai préparé le petit-déjeuner ! Avec des... euh... des toasts... Mais je crois qu'ils sont restés dans le grille-pain trop longtemps.

Gio était déjà douché, un pantalon de pyjama

en soie rouge aux ourlets effilochés pour tout vêtement, spatule à la main devant une poêlée de bacon, la table mise, théière à ras bord et toasts calcinés.

– Ça va, le môme ? Bien dormi ?

– Comme une pierre. C'est quoi le programme ?

J'avais poussé la porte de la cuisine sans répondre. Je ne bois pas de thé le matin, je ne mange pas de toasts. J'avale deux tasses de café noir en lisant un vieux journal. En silence.

Gio avait allumé la radio ; il buvait son thé et croquait ses tartines carbonisées. Je ne l'avais pas entendu me rejoindre. Je m'étais retournée et m'étais cognée contre lui. Il m'avait retenue par un bras :

– Je ne suis pas « le môme », Emma. Je m'appelle Giovanni.

De si près, ses traits étaient brouillés. Il avait une miette au coin des lèvres. En me retenant de l'ôter je m'étais dégagée :

– Tu as les doigts pleins de miel. Tu en mets partout.

– On ne peut pas manger de miel sans en mettre partout.

Je l'avais observé pendant qu'il se lavait les mains. Le dos maigre, les cheveux séparés par une raie au milieu, l'étoile noire au creux de la nuque, le duvet au bas des reins. Il était sorti de la pièce et revenu avec la vaisselle, l'avait déposée dans l'évier puis ouvert le robinet au maximum, éclaboussant partout.

J'avais réglé le débit.

– Tu n'as pas besoin d'utiliser toute cette eau. C'est précieux, l'eau.

Il avait hoché la tête et grommelé :

– Vieille emmerdeuse.

Ma tasse de café à la main, j'étais remontée dans ma chambre.

Ce matin-là, mal remise d'un court sommeil agité, j'étais demeurée un moment dans le lit à écouter la brise dans les arbres, le clapotis de l'eau dans la rivière. En été, ce sont les bruits qui me permettent de connaître l'heure sans me tromper. 4 heures, un silence noir. Les premiers appels d'oiseaux à partir de 5 heures. Peu après, l'explosion. La fenêtre était ouverte, la lumière traversait les rideaux que l'air soulevait à peine. J'avais du mal à avaler, la gorge me brûlait. Une sorte de vertige m'avait prise sous la douche. Je m'étais appuyée contre le mur. Je frissonnais. Des spasmes lents, presque agréables, couraient le long de ma colonne vertébrale. Je n'avais pas besoin d'un thermomètre pour savoir que la fièvre montait.

Lorsque j'étais redescendue dans la cuisine, Gio était toujours torse nu, en train de ranger la vaisselle. Je l'avais appelé et il s'était approché en traînant la patte. J'avais oublié un instant ce que je voulais lui dire et lui avais demandé quand est-ce qu'il avait grandi comme ça. Si c'était arrivé d'un coup.

– Seize centimètres l'année dernière, avait-il annoncé, tout fier.

En le gardant toujours près de moi, embarrassée, je cherchais en vain mes mots. J'allais parler mais il m'avait prise de court :

– Ça y est, c'est déjà fini ? Tu me renvoies ?

Détournant les yeux, j'avais acquiescé. Il avait soupiré, un long soupir théâtral, et dit qu'il devait téléphoner chez lui. Je lui avais répondu qu'il savait où trouver le téléphone. Il s'était dégagé doucement, sans me regarder, sans se retourner.

J'ai choisi ce métier par rébellion. Je ne supporte pas la souffrance, surtout chez ceux qui ne peuvent pas se défendre. Lorsque j'ai fait ce choix j'étais à l'âge où l'on ne sait rien de soi ni du monde, mais où les instincts, les prémonitions même, peuvent être d'une extraordinaire clarté. Papa m'avait offert une grosse tortue pour mes dix ans. Sa tête de vieille dame chauve, ses pupilles fendues, son expression de diable débonnaire me captivaient. Je m'accroupissais en face d'elle pour l'observer grignoter sa laitue, je connaissais les coins d'ombre où elle se cachait pour fixer le vide, immobile ; on aurait dit alors qu'elle était à l'écoute d'un autre monde. Un jour, pendant des travaux, la tortue s'était retrouvée piégée dans une dalle de béton qu'on avait coulée. La tête dressée, les membres moulinant dans cette masse qui se condensait autour d'elle, elle s'était longtemps battue pour se dégager. Les marques de cette lutte s'élargissaient en cercles concentriques quand j'étais arrivée, trop tard pour l'arracher de là. Ne sachant comment la libérer, je m'étais pelotonnée sur les marches du perron, sans demander un secours que je savais d'avance inutile. Avec l'intransigeance des ardeurs enfantines j'avais résolu à ce moment-là de dédier ma vie aux animaux.

Je dois à Thomas d'Aurevilly ce que je sais de mon métier – non pas la connaissance elle-même, mais la mise en perspective de cette connaissance. Il m'a appris à me méfier de ce qu'on croit acquis, à remettre en jeu chaque fois mes certitudes. À ne pas me laisser aller à l'affectation du « c'était mieux avant », à prendre acte que la modernité a apporté plus d'hygiène et que la course – ô combien rentable ! – des laboratoires pharmaceutiques a conduit à plus d'égalité. J'ai compris à travers lui que tout change, que tout évolue. Il suffit d'attendre.

La base de notre travail tenait selon lui en quatre points : Savoir, Faire, Savoir faire et Faire savoir.

Pontarlier, un soir de novembre. Courbée par un vent qui transperçait mes vêtements, je me sentais isolée et absurde. Incongrue. La seule personne restée sur les quais était un vieil homme qui m'observait en roulant les bouts de ses longues moustaches. Pendant que monsieur d'Aurevilly m'évaluait en silence je voyais monter sa perplexité. Je pouvais presque l'entendre penser : Qu'est-ce que je vais faire de ça, nom d'un chien ? De ce piquet. La peau sur les os.

Nous nous étions serré la main en nous dévisageant, aussi accablés l'un que l'autre. Sa poigne était sèche et noueuse. J'avais envie de lui demander s'il était de la famille de l'auteur des *Diaboliques*, mais je n'arrivais pas à me souvenir si c'était le vrai nom de l'écrivain ou un pseudonyme. En silence nous avions marché vers sa voiture, moi avec ma sacoche et ma petite valise, lui en triturant sa moustache blanche, jaunie au bout. J'étais secouée de frissons au point que mes dents claquaient. L'ambiance était lugubre. Et il faisait trop froid.

Je n'avais encore rien vu.

En décembre un homme a été tué sous mes yeux. C'était un jour de blizzard qui soufflait en rafales d'une violence inouïe, une force mauvaise qui arrachait les vêtements pour déchirer la chair et mordre dedans. Au bord de l'allée qui menait à son étable, le fermier s'était abrité sous un pin pour nous attendre quand un coup de vent plus fort avait secoué l'arbre. La neige qui le recouvrait était tombée et l'avait enseveli. Lorsque le Patron et moi avions enfin réussi à le sortir de là, l'homme était déjà mort, la nuque brisée.

Au printemps j'ai vu deux chamois momifiés, deux mètres au moins au-dessus de ma tête, comme pendus aux ramures d'un sapin. J'avais eu beau tourner autour du tronc, je ne comprenais pas comment ils avaient pu arriver là. Le Patron me l'avait alors expliqué. Les bêtes aiment mordre l'écorce des arbres, se hissant sur les pattes arrière et levant la tête le plus haut possible. Les branches surchargées de neige avaient dû se dégager et se redresser d'un coup, s'élevant dans les airs en même temps que les deux animaux pris au piège de leurs ramures. Puis la neige avait fondu et les chamois étaient restés là-haut, à se balancer dans la brise.

Tous ces mois avaient été rigides, les plus froids de ma vie. Habillée de couches de vêtements superposées, je suais dans les étables mais gelais dès que j'en sortais. Au printemps, la pluie et le vent s'étaient acharnés sur la petite ville triste et les montagnes environnantes, belles, noires et austères.

Au cours de mon apprentissage, mon Barbour ne m'avait pas quittée un seul jour. Mon travail m'enthousiasmait et me crevait. J'éprouvais une passion, aussi surprenante que soudaine, pour Thomas d'Aurevilly, un praticien à l'ancienne, un de ces hommes dont l'instinct mène directement au cœur de la douleur. Il savait écouter les animaux ; il savait, entre les plaintes, reconnaître celle qui le porterait droit au diagnostic. Il avait du respect pour la moindre peine, de la compassion pour le silence éperdu des bêtes, de la douceur dans les mains et les yeux, et cette faculté de donner une fin rapide, sans hésiter ni trembler, qui devrait être celle de l'Ange de la Mort, si Dieu existait et avait un peu pitié de nous. Je le suivais pas à pas, apprenant plus de ses actes que de ses paroles, apprenant à surmonter la fatigue, à ne pas faire cas de l'heure ni des contingences météorologiques, apprenant surtout à entendre. Entendre est devenu inhabituel dans ce monde de clameur. C'est la première chose que d'Aurevilly m'a apprise. Isoler une voix, comprendre ce qu'elle exprime. Il ne m'en disait pas plus, mais il m'était facile d'aller au-delà de ses brèves explications. Moi, qui n'avais pourtant jamais été bavarde, j'ai trouvé là mon maître.

L'hiver s'était envolé rapidement. Mes pensées n'étaient retournées que très brièvement à mon ancienne vie. Quand les souvenirs de Raphaël et de Micol, de Gio et des petites se présentaient, je les écartais. J'avais juste envoyé un mot pour les anniversaires et une carte de Noël. Plus rien, ni une adresse ni un numéro de téléphone, ne me reliait à celle que j'avais été. Le soulagement de vivre parmi des gens qui ne me connaissaient pas, auxquels d'ailleurs je n'avais donné aucune raison de m'approcher réellement, avait été si intense qu'il me semblait que j'étais désormais tout à fait rétablie, allégée du poids de mes humiliations, débarrassée de ma pauvreté, consolée des maux qui m'avaient accablée les dernières années. Trente-deux ans, ce n'est pas trop tard pour recommencer. Je savourais mon nouveau statut, aussi important que celui d'un généraliste dans ces montagnes où les animaux ont autant de valeur que les êtres humains, parfois même plus. J'apprenais. J'avais aussi recommencé à tenir mon journal. D'Aurevilly m'en avait redonné envie. Ses propres carnets étaient à l'opposé de son aspect physique : élégants, nets, avec une écriture penchée à droite, une graphie dont la noblesse était l'héritage des plumes sergent-major.

Au début, m'avait-il raconté, il n'avait consigné dans ces cahiers que la stricte observation de ses journées, puis très vite, pêle-mêle, s'étaient ajoutées ses réflexions sur le monde, les gens et la vie. À une époque, il avait même songé à envoyer tout cela à un éditeur, sous le titre *Carnets d'un vétérinaire de campagne*. Il y avait renoncé après s'être aperçu qu'il était le seul à se retrouver dans le fatras de ses écrits. Enfin, telle était sa version. Moi, j'avais senti qu'entre les lignes trop de détails personnels s'étaient glissés, mêlés à l'amertume de ce qui ressemblait – mais peut-être aimais-je simplement l'imaginer – à un amour malheureux.

Comme d'Aurevilly, je gardais dans mes sacoches mon carnet ainsi qu'un recueil de poèmes ou un roman. Cela m'aidait à passer le temps au cours des longues nuits de garde dans les bergeries, les étables, les écuries. Nous aimions les mêmes poètes, Verlaine, Rimbaud, Apollinaire, des classiques que le Patron connaissait par cœur, mais aussi René Char, Eluard, Rilke. Il s'était gentiment moqué de moi quand je lui avais confessé mon béguin pour Jack London mais me rejoignait dans mes penchants pour *Walden* de Thoreau, dont nous nous lisions des passages.

Un jour, dans son pick-up que je conduisais – le Patron m'en avait donné les clés dès le premier jour, l'air de se débarrasser d'un casse-tête –, en route vers un *no man's land* de trois cents vaches et cinquante âmes, caillasses, graviers glissants et virages en coude, il m'avait mise à la question, cherchant à savoir pourquoi à mon âge je n'en étais qu'à ma première année d'assistanat. J'avais éludé. Il était revenu à l'attaque par des voies détournées.

– Tu sais, Emma, quand j'ai commencé il y avait en tout et pour tout quarante femmes vétos dans le pays. Le métier était moitié-moitié à l'époque, ou plutôt non, trois quarts rural, un quart animaux de compagnie. Chats et chiens, dans l'après-guerre, n'étaient pas à la fête. Il n'y en avait que pour les animaux utiles, vaches et chevaux, poules et brebis. En fait nous étions obligés d'étudier plus de soixante types différents de ferrure, à l'école. Ça paraît si vieux, tout ça... Après, dans les années soixante, sur six mille vétérinaires, quatre-vingts femmes ont surgi de je ne sais où. C'était un *numerus clausus* implacable, pourtant... à propos, sais-tu ce que nous disions des recalés ?

– Je crois que c'est la même vieille blague de toujours, Patron… ils deviennent médecins, c'est ça ?

– Oui. Bon, bref. Les femmes vétos, on aurait dit une progression exponentielle, en 84 il y en avait déjà deux cent dix. Et qu'est-ce qu'elles sont devenues, d'après toi, une fois sorties de l'école ?

– … ?

– Elles se sont mariées. La plupart avec des vétérinaires.

– Vous bluffez, Patron… Combien ?

– Cent quarante-cinq.

– Qu'est-ce que vous voulez dire par là ?

– Que vous êtes votre pire ennemi.

Nous étions presque arrivés. J'espérais qu'il me lâcherait mais il avait repris :

– Pourquoi tu n'as pas encore ton cabinet ou ta zone d'activité, hein ? Qu'est-ce qui s'est passé, d'où viens-tu ? Pourquoi tu es avec moi, à ton âge ?

– Quoi, pourquoi ?

J'avais profité d'une série d'épingles à cheveux pour esquiver, puis j'avais dit :

– Et d'abord, qu'est-ce qu'il y a de malheureux à épouser un vétérinaire ?

– Pourquoi tu ne l'as pas fait, alors ?

– Parce que pas un de ces blancs-becs ne vous

arrivait à la cheville question charme, mon cher Patron – j'avais ricané.

Puis, reprenant mon sérieux :

– Savez-vous ce que j'en pense vraiment, Patron ? Je crois que les femmes véto qui renoncent à exercer pour être assistantes ou infirmières de leur mari sont de moins en moins nombreuses, aujourd'hui. Cela a peut-être été le cas autrefois, mais plus maintenant. On en bave trop pour en arriver là ! Je veux bien que, parmi les jeunes diplômées, peu aient envie d'avoir les mains dans la crotte toute la journée, mais de là à en tirer des conclusions comme vous le faites !

Il avait quitté la route des yeux, le sourire au coin des lèvres.

– Tu vas sans doute continuer ce beau discours par un joli panégyrique sur le courage qu'il faut pour affronter tout ça quand on est une femme, et terminer par la solitude qui en découle… je me trompe, peut-être ? Et encore, il y a des choses que tu ne sais pas, jeune fille. Ce beau métier est parmi ceux où le taux de suicide est l'un des plus élevés. Je te laisse en tirer tes propres conclusions.

J'étais trop énervée, trop troublée pour lui répondre. Il en avait profité pour enfoncer le clou :

– Tu sais qui était Madame Claude ?

– Oui, vaguement… une mère maquerelle célèbre, quelque chose comme ça ?

– Exact. Un jour, un journaliste lui avait dit que ses filles, eh bien, elles étaient cupides, intéressées quoi, malgré leur élégance, leur éducation et leur prétendue indépendance d'esprit. Lorsqu'elles quittaient le métier, c'était pour se marier avec des chefs d'entreprise, quand ce n'était pas avec de nobles rentiers. Et qu'est-ce qu'elle a répondu, Madame Claude, selon toi ?

– Mmmm ?

– Qu'on épouse ceux qu'on fréquente. Si ses filles avaient fréquenté des plombiers ou des maçons, elles se seraient mariées avec des plombiers et des maçons…

– Vous êtes misogyne. Sexiste. Et misanthrope, par-dessus le marché.

– Ça se peut, avait-il soupiré. Mais je crois que je suis surtout très fatigué.

Je me souviens bien de cette journée-là, du malaise du Patron. La main à la poitrine, il avait défait les premiers boutons de sa chemise et serré les dents, le souffle court. La sueur tombait sur ses sourcils broussailleux, il l'en avait chassée d'un coup de main rageur. Je ne lui avais rien demandé. Je ne voulais pas le regarder. Faire comme si de rien n'était nous convenait à tous les deux. Le jour suivant il allait mieux. J'avais oublié.

Le printemps filait lentement vers l'été. Je dormais peu, cinq-six heures par nuit. À partir de juin, avait dit le Patron, le boulot se tasserait un peu, les naissances seraient terminées et on pourrait souffler. Je redoutais ce temps libre qui s'annonçait. Je devenais de plus en plus proche de d'Aurevilly, pour autant qu'un vieux schnock comme lui, jaloux de sa solitude, me le permît. Il citait Rilke, « *j'implore mes amis de respecter ma solitude* », et Sartre. Il me racontait les débuts de sa carrière, sa première berline Citroën, deux sièges avant, banquette arrière retirée pour faire place aux outils et à la pharmacie, puis sa 203 Peugeot flambant neuve, portière qui s'ouvrait d'avant en arrière et pas de ceinture de sécurité, évidemment. Dans son bureau, il m'avait montré une photo de lui un pied sur la plate-forme arrière de sa voiture, sombre crinière, yeux bleus, chemise retroussée sur des bras comme des troncs d'arbres, torse puissant, sourire en biais dans un visage frondeur. Je lui avais demandé combien de filles étaient tombées dans ses filets. Il m'avait répondu plus sérieusement que je ne l'avais imaginé que oui, bien sûr, plein de filles, autant qu'il en voulait, même, mais pas la bonne. Ensuite il avait changé de sujet.

Maintenant encore, en repensant à sa blague préférée, je la trouve aussi triste qu'autrefois, et si à cette époque je la trouvais un peu bête, aujourd'hui je lui reconnais une part de vérité qui m'échappait alors. Il en avait un rictus gourmand en me la répétant de temps à autre, comme on répète la même histoire aux enfants : Pourquoi les femmes regardent les films porno jusqu'au bout ?

Là, j'étais censée protester, répondre que les femmes ne regardent pas forcément les pornos, et surtout pas jusqu'au bout, mais chaque fois il coupait court, pressé de m'assener la morale : Pour voir si à la fin les protagonistes se marient.

Mais si ses blagues me rendaient mélancolique, ses anecdotes en revanche me ravissaient. Je lui en redemandais. Il me racontait les vermifuges extraits des fougères mâles, nauséabondes mixtures impossibles à faire avaler aux percherons, de la fois où il s'était retrouvé dans le noir absolu d'une étable avec le fermier évanoui sur la truie, d'une autre où les puces avaient sauté sur le lit d'une maîtresse trop impatiente pour attendre qu'il ait pris sa douche. Il nous arrivait de rire ensemble comme si on avait le même âge et aucun souci au monde.

Un matin je l'avais attendu en vain au café devant chez lui. Au cœur de la nuit il avait été transporté d'urgence dans le petit hôpital de la ville. Je ne l'avais revu que dans une chambre, livide, aussi blanc que les murs et les draps, les mains ouvertes et comme abandonnées dans un sommeil artificiel. J'étais restée assise auprès de son lit pendant des heures vides et mornes. Le crépuscule était arrivé sans qu'il se réveille. Quand un rayon rose était entré dans la chambre j'avais posé mon pouce à l'intérieur de son poignet. Le sang palpitait sous la peau. Ça m'avait fait penser aux pétales d'une fleur flétrie, et un immense sentiment de solitude – pour moi, pour lui – m'avait envahie. Son poing s'était fermé puis lentement rouvert, cherchant aveuglément mes doigts. « *Mais il faut avoir été près des moribonds, et auprès des morts aussi, dans la chambre avec la fenêtre ouverte, et les bruits qui viennent en foulées* », Rilke encore, comme quand on le lisait ensemble. À l'orée de la nuit, une infirmière m'avait renvoyée.

Le jour suivant, un dimanche où je n'avais pas grand-chose à faire d'autre qu'attendre, j'étais allée marcher dans la forêt. J'avais besoin de m'épuiser, de ne pas trop penser. Au bout de quelques heures j'étais arrivée au lac de Saint-Point, diamant d'un bleu sombre dans l'écrin vert des bois. Je m'étais déshabillée, ne gardant que ma culotte – il n'y avait personne d'autre que moi, sur ces rivages –, et j'avais plongé dans une eau aussi froide que celle d'un ruisseau de montagne. En nageant le plus vite possible pour me réchauffer, j'étais parvenue à une plate-forme où je m'étais étendue puis assoupie. Au réveil une couche de gros nuages noirs, gonflés de pluie, couvrait le ciel. Les quelques brasses qui me séparaient de la rive avaient été une torture. J'avais vaguement souhaité, soudain lasse, ne pas y arriver ; me laisser emporter, couler, ne plus lutter. Ensuite je m'en étais voulu. J'étais comme un alcoolique repenti qui hume avec plaisir un verre d'alcool.

Le soir, à l'hôpital, on m'avait dit que l'état de monsieur d'Aurevilly était stationnaire et qu'il ne pouvait voir personne. Personne ! Il n'y avait eu que moi à son chevet. Au retour j'avais dû arrêter la voiture et me garer sur le bas-côté tellement les larmes m'aveuglaient. J'avais sangloté sans retenue, la tête sur le volant, pleuré sur moi, abandonnée et impuissante, pleuré sur lui, sur la solitude qu'il défendait comme un choix alors que ce n'était qu'une damnation. J'avais peur de ce qui allait venir. Sans le Patron j'étais désœuvrée, sans courage. Je ne pouvais pas continuer seule, je ne voulais pas le faire, d'ailleurs, pas avec l'automne qui était déjà là et l'hiver qui approchait vite, trop vite.

Les pizzas décongelées à minuit, les raclettes du samedi soir, le ski de fond le week-end, ça n'en valait pas la peine sans d'Aurevilly. Je n'étais pas faite pour la montagne, les bûcherons esseulés, le notaire et le médecin mariés du bourg. Je ne tenais que parce qu'il était près de moi, me dirigeant, m'apprenant le métier avec une patience d'ange.

Enfin, quelques semaines après, on l'avait laissé sortir de l'hôpital, mais déjà nous savions que le temps qui nous avait été donné était révolu. En m'accompagnant à la gare, d'Aurevilly n'avait même pas essayé de cacher sa tristesse. Il m'avait tourné le dos et s'était éloigné avant le départ du train, en me souhaitant bonne chance. J'étais restée sur le quai le bras inutilement levé, à attendre qu'il se retourne pour me saluer une dernière fois.

L'humidité de l'automne a ranimé le bois du plancher sous mes pas. Pieds nus dans le jardin, bas du pantalon vite pénétré par le givre, la grosse couverture jetée sur les épaules, je frissonne. Quelques étoiles brillent entre les feuilles du gros chêne, les nuages fuient dans un ciel déchiré. Le hamac suspendu se balance doucement. Ce bout de tissu rouge, fané par le soleil et les intempéries, m'a suivie partout. Pourquoi certaines choses restent avec nous au fil des pertes et d'autres pas ? Ce à quoi l'on tient n'est pas ce que l'on garde le plus longtemps.

Je remonte dans ma chambre, une tasse de café chaud à la main, ma couverture sur le bras. Les marches couinent, la maison ronfle doucement, comme un dormeur qu'on dérange mais qu'on ne réveille pas.

Malgré mes craintes, l'année passée au côté de d'Aurevilly m'avait endurcie. Ma peur d'affronter les inconnues du métier s'était rapidement diluée, et je m'étais surprise à avoir envie d'en découdre, de tester mes propres forces et mes connaissances sur le terrain. Tout d'un coup, les défis liés à mon travail, y compris la solitude, ne me semblaient plus insurmontables. Ma force toute nouvelle, une sorte de crânerie venue de je ne savais où, me donnait des ailes et me grisait.

Le lieu-dit où j'ai vécu les dix années suivantes s'appelait La Louvière. Le nom et l'adresse, chemin du Canal-des-Moulins, m'avaient plu lorsque, accompagnée d'un agent immobilier intarissable, j'avais sillonné la région à la recherche d'un endroit où m'installer. J'avais choisi d'aller vivre dans un pays tout en douceur avec de vrais printemps, des étés généreux, des automnes lents et des hivers magnanimes.

La maison m'avait fait penser tout de suite à celle de mes parents, même côté rassurant, même absence d'affectation. Même stabilité. Je l'avais aimée aussi parce que les voisins les plus proches étaient à trois kilomètres, et qu'elle était cachée par de vieux chênes au bout d'un chemin, près d'un cours d'eau poissonneux.

L'unique coquetterie de cette bâtisse vieille et solide, laide mais confortable, tapissée de vigne vierge, construite pour résister au temps, était une belle marquise dont il faudrait changer les vitres. Le terrain tout autour était à l'abandon, envahi par les fougères, les ronces et les herbes folles. Je n'y avais déblayé que le chemin allant de la porte d'entrée au garage. Dès le premier été, j'avais pendu mon hamac entre les branches basses d'un gros chêne, où je couchais les nuits les plus chaudes. Cet énorme hamac rouge qui se balançait dans la brise se refermait sur moi comme un cocon ; son installation avait été ma seule contribution au décor du jardin délaissé où les herbes poussaient au printemps, se desséchaient à la fin de l'été, mouraient l'hiver venu. Parfois, une branche cassée par la tempête tombait au sol. Je ne la ramassais pas. Peu à peu une mousse moelleuse gagnait le bois, l'intégrant à la terre. Le cycle des saisons se chargeait, imperturbable, de l'entretien de mon domaine.

Cette maison était ma tanière, où les livres avaient recommencé de s'amonceler. Je recevais tous les trois mois de longues lettres du Patron qui détestait le téléphone et ne savait pas se servir d'un ordinateur ; le temps glissait sans trop faire de mal : quatre lettres, une année de plus. Il y en aura eu quarante en tout à cette adresse.

Mon loisir était la lecture. Si la plus noble partie de ma bibliothèque était dévolue aux grands auteurs, de Dostoïevski à Proust en passant par Musil et Joyce, la partie la plus vivante et désordonnée était réservée aux thrillers, aux vieux polars américains et aux séries noires françaises. Une fois rentrée à la maison, après un dîner vite expédié, je me laissais tomber sur le canapé du salon. Je me réveillais souvent au milieu de la nuit, le visage tatoué par la tranche du bouquin que j'avais gardé à la main en m'endormant. Je montais l'escalier d'un pas de somnambule pour me traîner jusqu'au lit, les vêtements en vrac sur le sol. Il me semblait que je n'avais plus de passé et que mon avenir était tout tracé. Quant au présent, je me contentais de ne pas y penser, me levant le matin pour me jeter sous la douche, me couchant le soir dans un brouillard de fatigue.

Mes Golden Days. Marcher des heures pour rejoindre un chalet d'alpage, me lever au milieu de la nuit pour aller ausculter une vache qui tournait en rond en meuglant aux étoiles, sentir que j'avais la bonne prise quand j'aidais une mère à accoucher de son petit. Gifler un fermier un peu trop entreprenant dans l'écurie puis boire un café avec lui, tout penaud, dans sa cuisine, et savoir que j'avais gagné son respect en tant que femme et en tant que praticien. Tout recommencer chaque jour sans me poser de questions, sachant juste que ce que je faisais était bien, que ce que je savais était utile et que le monde était un peu meilleur parce que j'avais la force de tenir, jour après jour. Et cette manière de n'avoir peur de rien. Un faux revolver, un jouet, sur ma table de nuit, me rappelait que j'étais une femme seule et que tout pouvait arriver.

Mais rien n'arrivait. J'étais guérie depuis de nombreuses années, mes plaies avaient cicatrisé. Je me sentais invulnérable, éternelle. Seulement, on ne peut pas indéfiniment tromper la mémoire, ni se soustraire au destin.

Le matin où Gio était reparti chez lui, je l'avais déposé à la gare, récalcitrant et rancunier, m'assurant qu'il avait assez d'argent pour rentrer à Paris, avant d'aller voir Annie.

Après avoir laissé ma Jeep dans la vallée, j'avais marché une bonne partie de la matinée. Il bruinait encore, mais plus je montais, plus l'air devenait transparent et léger. En traversant un pâturage où de belles vaches maigres aux pis courts paissaient dans l'herbe grasse, j'avais glissé sur une bouse et m'étais retrouvée les fesses par terre. J'étais si crottée que j'avais ôté mon pantalon pour le laver à l'eau glacée du premier torrent.

J'étais arrivée vers midi au chalet. Depuis le temps, et n'étaient-ce sa sauvagerie et mon manque de temps, elle était devenue une amie, cette grande bringue aux cheveux noirs, tannée et sèche comme un sarment de vigne. Annie est bergère, et une énigme pour tout le monde : à trente-huit ans, elle a abandonné une carrière dans la communication pour venir habiter les montagnes avec un troupeau de chèvres. Il lui a suffi d'un passage de quelques mois auprès d'un berger pour apprendre les bases du métier. Personne ne connaît le pourquoi de son choix, mais elle s'y tient.

Quand une de ses bêtes est malade, elle la soigne avec les moyens du bord. Si c'est trop grave, elle l'égorge elle-même de ses belles mains abîmées. C'est une solitaire et une dure à cuire : il est bien rare qu'elle fasse appel à mes compétences. Encore aujourd'hui, je vais donc la voir sans qu'elle ait à me le demander. Après la première fois, je n'ai plus jamais voulu qu'elle me paie. Nous avons mis les choses au clair et nous n'en avons plus parlé.

Dans sa bergerie, Annie avait le strict nécessaire : un lit, une armoire, une cuisine avec une table et deux chaises, mais aussi un téléphone satellitaire et un ordinateur portable qui fonctionnaient à l'énergie solaire.

Nous avions passé la journée à soigner son cheptel, chacune enfermée dans ses pensées. Je l'avais aidée à racler les sabots de ses bêtes qui avaient attrapé le piétin, parasite très commun parmi les bouquetins et qui peut faire des ravages dans les troupeaux.

En fin d'après-midi nous avions dîné d'une cuisse de chevreau grillée aux herbes, de beurre salé, d'un gros pain que je lui avais apporté et de thé très fort. En la regardant couper le pain qu'elle tenait de sa main gauche tout contre son cœur, le couteau dans la main droite tourné vers elle, je m'étais demandé quand elle avait appris à faire ça. Ce n'était sûrement pas un geste d'« avant ».

Tout doucement, il s'était remis à pleuvoir. Dans le chalet il faisait bon, le poêle ronronnait. La montagne bruissait. J'aurais pu goûter, comme chaque fois que je venais là, au plaisir infini de ce silence habité, de ce calme parfait, mais une amertume indéfinissable m'en empêchait. J'avais laissé Gio assis sur un banc dans la salle d'attente, son baluchon près de lui, et en lui disant adieu je l'avais embrassé sur le sommet du crâne. Un souvenir aussi rapide qu'une anguille m'avait traversée : j'avais revu sa fontanelle encore battante, sa peau de lait et ses premiers cheveux.

Annie avait choisi ce moment-là pour me parler. Elle ne m'avait jamais fait de confidences depuis qu'on se connaissait, et je ne l'avais jamais entendue se plaindre non plus.

– Parfois, c'est quand même dur.

Mon bol de thé à la main, j'avais remué la tête pour lui montrer que j'écoutais. Elle avait soufflé :

– Je ne me sens jamais seule, pourtant. Toi, si ?

Un silence.

– Tu sais, j'aimerais avoir quelqu'un qui m'écoute de temps en temps. Partager mes pensées, tu vois ?

J'avais refait le même geste muet.

– J'ai l'impression de ressasser. De tourner en rond. Il y a des périodes où j'y pense tout le temps. Et ça me fait mal comme au début.

Encore un silence.

– C'était un drôle de type, tu sais. Charmant, bien sûr, très charmant même. Ça n'aurait pas fonctionné, sinon. Il s'en allait tout le temps, mais il revenait toujours. Il était tellement vivant, tellement généreux quand il était là que je lui pardonnais tout, ses absences, ses mensonges… tout.

Je m'étais levée pour regarder dehors, un peu embarrassée. Elle avait continué :

– Tout le monde savait qu'il mentait, mais tout le monde le lui pardonnait.

Elle avait laissé passer quelques minutes. Elle m'avait resservi du thé, s'en était resservi aussi.

J'avais dit, tout bas :

– Tout le monde, qui ?

Elle avait continué comme si elle ne m'avait pas entendue :

– Tout le monde, vraiment. C'étaient les mensonges de ceux qui disent toujours oui, à tout et à tous. Et à toutes.

J'avais murmuré :

– Qu'est-ce qu'il s'est passé ? Tu l'as quitté ?

– Non, même si je savais qu'il avait une autre femme, et un enfant aussi, je ne pouvais pas le quitter. Il est mort chez elle, un soir. Rupture d'anévrisme. Le départ parfait. Personne ne m'a rien dit car sa vie était coupée en deux. Elle ne connaissait pas mon existence, et leurs amis non plus. Je l'ai attendu. J'ai eu le temps d'imaginer plein de choses, qu'il m'avait quittée, évidemment, qu'il était mort aussi, bien sûr ; le pire était cet état d'incertitude, le fait de n'être sûre de rien. La nouvelle de sa mort est arrivée quelque temps après par lettre recommandée, une assurance vie qu'il avait prise sans même m'en parler. J'ai décidé du jour au lendemain de tout laisser tomber. Et me voilà ici, aujourd'hui.

Elle s'était longtemps tue cette fois-ci. Puis elle avait ajouté :

– C'est étonnant, quand même. J'ai cru que je ne m'en remettrais pas. Ensuite je n'ai plus rien éprouvé. Le vide total. Maintenant il y a des jours où c'est pire que tout. Je vis au rythme des heures d'autrefois, le réveil, le petit-déjeuner, les sorties. Je deviens fétichiste. Je peux ne pas dormir une nuit entière pour retrouver les détails d'une soirée, quelle robe j'avais, la couleur de sa chemise... Qui a dit que le temps guérit tout ?

Il avait cessé de pleuvoir. Des gouttes rondes luisaient sur la mousse, les rochers et les aiguilles des pins. Les falaises resplendissaient. On entendait les cloches dans la vallée. Les bêtes bêlaient ; le chien d'Annie, qui avait refusé d'entrer dans le chalet tant que j'y étais, aboyait de temps à autre. Je m'étais assise à nouveau près du feu, mais Annie n'en avait pas dit davantage. Elle avait sorti une bouteille de whisky et nous avions bu, muettes, en regardant par la porte ouverte le soir qui tombait.

Je lui avais demandé une aspirine et asile pour la nuit. Mon mal à la gorge augmentait et la fièvre montait. Et puis je n'avais pas le courage de rentrer chez moi. Je connaissais par cœur l'état dont avait parlé Annie. Malgré le temps, je savais que ça pouvait brûler comme au début.

Le lendemain matin, avant que je parte, elle avait fouillé dans un petit coffre, sortant un beau fromage rond et un couteau en bois d'olivier qu'elle m'avait donnés.

Le reste de la journée avait été exténuant, mouillé par un crachin qui s'infiltrait partout, rouillant les articulations et empêchant de respirer. Mon Barbour sentait le gibier faisandé. J'avais le cœur au bord des lèvres, le visage défait, des yeux de poisson japonais. La fièvre fermentait et me tenait chaud dans toute cette moiteur. J'avais enchaîné les consultations, les entrevues avec les fermiers, les mauvais cafés. En retournant chez moi, j'avais trouvé la maison sombre et fermée, la cuisine propre et bien rangée, la porte de la pièce où Gio avait dormi, entrebâillée. La journée qui venait de s'achever était semblable à celles d'avant lui et ressemblerait probablement à celles d'après, avais-je songé, un peu triste mais soulagée. J'étais montée dans ma chambre. Chemin faisant j'avais laissé tomber tous mes vêtements pour m'affaler nue entre les draps. Je n'avais pas eu le courage de prendre une douche même si je sentais mauvais. J'avais été entraînée dans une série de rouleaux, une houle qui me poussait vers le fond.

Avant de m'écrouler, j'avais eu un remords pour ma lâcheté. Je n'avais parlé ni à Micol ni à Raphaël. Mais pourquoi l'aurais-je fait ? Je pensais que l'épisode de la fugue de Gio s'était résolu de lui-même, et je ne tenais pas à en savoir plus, ni à m'en mêler.

Je ne leur devais plus rien, ils ne me devaient rien non plus, et même si le vent avait à nouveau brièvement soufflé sur de vieilles braises jamais éteintes, je croyais que nous étions désormais trop éloignés les uns des autres pour que nos vies s'emmêlent de nouveau. C'était même la dernière chose que je désirais. Pourtant, si j'avais été moins sourde, moins aveugle, je me serais aperçue que la réalité était bien différente de cette espèce de neutralité que j'invoquais, et que nous étions toujours enchaînés par des liens dicibles et indicibles, comme ces grosses cordes tordues composées de cordelettes plus petites qui, restées trop longtemps sous l'eau, pourrissent plutôt que se défaire. Ces deux jours, ces deux nuits avec Gio, croyais-je, allaient vite rejoindre la kyrielle de mes souvenirs, avec leur dose d'imprévu – et un léger regret. En me laissant dériver dans le sommeil et dans la fièvre, j'avais eu la brève vision de gens patinant sur une surface glacée et trouble, se réunissant autour d'un trou d'eau où quelqu'un venait de tomber, poursuivant des silhouettes qui les entraînaient trop loin, et glissant au-dessus d'ombres prisonnières.

Ma dernière bribe de raison envolée, j'avais sombré.

Si un jour je devais gagner de l'argent, beaucoup d'argent, à la loterie, je ne changerais rien à ma vie. Je n'irais pas vivre dans une autre maison, je n'achèterais même pas une nouvelle voiture. Mais il n'y a pas de danger que je gagne, puisque je ne joue jamais.

Je ne voudrais pas non plus effacer mes rides, retrouver le visage de mes vingt ans. Être jeune à nouveau ? Pour quoi faire ? Me tordre les chevilles sur des talons hauts, traversant Paris des larmes plein les yeux ? Non, je n'irais pas effacer ces cicatrices-là, faire semblant que tout ça n'a pas existé. Ce temps est à moi, mes rides sont à moi. Je ne les aime pas pour autant : je ne permettrai à personne de dire que cinquante ans, c'est le plus bel âge de la vie. D'ailleurs, je n'ai pas encore cinquante ans. Juste quarante-sept. Encore trois ans à être trop jeune pour être vieille, un peu trop vieille pourtant pour être encore jeune.

Trois jours de fièvre. Les rêves se mêlaient à la réalité, dans une sarabande de fantômes ressurgis du passé. La pluie était passée, le soleil entrait dans la chambre. Je regardais pendant des heures la poussière danser. La nuit, j'entendais le kiiiouu des chouettes, les appels longs des mâles, les répliques en cascade des femelles. La course légère des belettes sur le toit. Les couinements des souris. Les soupirs des feuilles dans la brise. Je me levais pour faire bouillir de l'eau à laquelle j'ajoutais des citrons pressés et des aspirines. Le téléphone avait sonné à plusieurs reprises, mais je ne répondais pas. Je me recouchais enveloppée de mon vieux peignoir, sans force pour changer les draps, pour prendre une douche, ou même pour me nourrir. Je glissais, secouée de frissons, dévorée de fièvre, trempée de sueur, tour à tour brûlante et glacée.

Le quatrième jour, Gio était revenu.

Une tasse de thé à la main, il s'était assis sur le lit. Dans la lumière du soir je voyais ses épaules se dessiner à travers l'étoffe de sa chemise, blanche et fine comme une aile de papillon, col ouvert, retroussée aux poignets. J'avais reconnu le vétiver amer et sensuel dont il s'était aspergé. Il avait posé par terre la tasse que je ne prenais pas, s'était approché de la fenêtre que j'avais laissée ouverte tous ces jours et avait tiré les rideaux.

Il avait déboutonné sa chemise et l'avait enlevée, une manche, puis l'autre. Il avait envoyé valser ses chaussures, défait son jean. J'avais à peine eu le temps de protester qu'il était déjà étendu près de moi.

Il m'avait serrée contre lui. Je n'osais même pas bouger. On était restés comme ça, sans parler. Il était ferme et frais, j'étais bouillante et moite. Je m'étais souvenue du bonheur de l'avoir dans mes bras, enfant. De cette douceur infinie qui me submergeait alors qu'il s'assoupissait contre moi. Puis, cessant peu à peu de trembler, toujours en silence, nous nous étions assoupis. Nuit étrange dans laquelle je me réveillais en sursaut pour me rendormir aussitôt. Nuit tendre pendant laquelle, même en dormant, il ne m'avait jamais lâchée. Depuis quand ne m'étais-je pas couchée près de quelqu'un que j'aimais ?

Cette fois-ci, il était reparti avec le consentement, arraché après rudes négociations, de ses parents. En trichant quand même, car je n'avais pas eu mon mot à dire. Mais tout cela, je ne le saurais que plus tard. Un peu plus tard, certes, mais déjà un peu trop tard.

Je voudrais retrouver une photo prise l'année de mes vingt-cinq ans. Ce n'est pas ce qu'on appelle une belle photo, la lumière trop crue d'une journée de vent à la mer ne fait que souligner la violence contenue de cette jeune femme debout, en short et haut de maillot, les bras repliés comme des ailes le long du corps, cuisses bronzées, genoux éraflés, baskets aux chevilles. Deux triangles de cotonnade pour tout bouclier.

Il me semble que si je revoyais cette photo je saurais qui j'étais, ce que j'étais en train de devenir. Je saurais pourquoi j'ai pris certaines décisions, ce qui m'a fait si mal, et pourquoi je me croyais forte. Pourquoi je rejetais toute aide. Si je pouvais revoir cette photo, regarder mon visage d'alors, je pourrais peut-être me réconcilier avec cette fille-là. Je pourrais me pardonner, maintenant, de ne pas avoir su la consoler, raccommoder son cœur comme on recoud une poupée décousue, lui dire ce que j'ai appris depuis. Que la force des parents, infinie quand on est petit, décline au moment où on en a le plus besoin. Que l'enfance se termine en un jour. Et aussi que quand on tient quelqu'un on n'ouvre pas la main.

Vingt-cinq ans, et j'étais déjà l'une des plus vieilles du cours. Je venais à peine de trouver le titre de ma thèse, « Attitude du vétérinaire face à l'euthanasie : comportements à tenir avec les animaux de compagnie et avec les animaux utiles ». J'en voulais à mes camarades, ces fils à papa, de n'avoir jamais dû travailler pendant leurs études. Moi, j'avais renoncé par deux fois à passer mon concours d'entrée à l'École nationale vétérinaire. Pas assez d'argent, malgré le soutien actif de mes parents. Papa s'en était fait un point d'honneur, lui qui partait tous les jours à l'aube pour la gare, orgueilleux de son métier de machiniste ; je savais à quel point, souffrant en silence du choix de maman qui avait laissé tomber ses espoirs de concertiste pour ne plus donner que des leçons de piano à domicile, il avait vu dans mes projets une sorte de revanche. Curieux attelage que celui composé par mon père, fier de ses origines populaires, et ma mère, héritière pauvre d'une famille très vieille France. Antinomiques au départ, ils avaient fini par se rassembler autour d'une forme d'anarchie qu'ils appelaient tolérance, mais qui était, au fond, indifférence pour une société qu'ils désapprouvaient. Leur quotidien construit autour de petits gestes tendres, d'attentions réciproques et de regards clairs était leur plus grande réussite, mais l'amour que j'avais pour eux ne suffisait pas à en faire des modèles à mes yeux. La rigidité de maman et son intransigeance pour la moindre faille, la douceur trop aimante de papa, leur sollicitude – « tu ne manges pas assez, tu es maigre comme un clou », « tu n'es pas assez couverte », « tu sors trop, tu bois trop, tu fumes trop » – m'étaient importunes.

Au mois de mai j'étais tombée malade. Une grosse grippe qui s'éternisait. Avec mes dernières forces je m'étais traînée jusqu'à chez eux, écroulée dans mon ancienne chambre et endormie, bercée par les sonates que maman jouait en sourdine. Je m'étais réveillée douze heures plus tard avec une tasse de café noir sur un petit plateau en argent posé sur ma table de nuit. Je m'étais attardée après ma guérison, dorlotée et chouchoutée. Des vacances qui avaient duré dix jours.

Depuis que j'avais trouvé une mansarde pas chère tout près du zoo de Vincennes ma vie avait changé. Avant, j'habitais dans l'enceinte de l'école, mais c'était une drôle d'existence. Je n'aimais pas cohabiter. Je me sentais à l'étroit, côte à côte avec mes compagnons de cours vingt-quatre heures par jour. Là, je n'avais qu'à traverser la Seine pour retrouver mon abri, même si le vrai chez-moi restait la maison de mes parents. Cette bâtisse sans grâce, acquise à la fin des années cinquante avec le maigre héritage de maman, je l'aimais d'un amour d'enfant. Les bruits de Paris l'atteignaient par vagues, tamisés, filtrés par le minuscule jardin et le lierre qui la couvrait entièrement. Je pouvais passer des heures assise devant la fenêtre du salon à regarder dans le vide. Une branche qui jetait son ombre sur la façade, un bout de lierre décroché qui se balançait, suffisaient à me maintenir dans un état suspendu – un calme si intense que j'étais, un temps, débarrassée de moi-même et de tout souci. J'ai toujours eu, depuis, cette capacité à m'abstraire de ce qui m'entoure à la faveur d'un minuscule bonheur. C'est peut-être pour ça que je n'ai jamais été atteinte par le désespoir, par la suite. Je pouvais replonger à souhait dans cette paix un peu autistique et entendre à nouveau les *Variations Goldberg* que maman jouait si souvent.

La maison, ma maison. Ces mots tendres et usés incarneront toujours, pour moi, cet intérieur gris et propre, cette vieille demeure mille fois retapée, debout au bord de la ville comme on se tient au bord de la mer ou du désert. Comme une île ou une oasis. Un refuge que j'ai enfoui en moi et gardé.

Je me lève et m'étire. Mes pas résonnent, amortis, dans la pièce. La nuit entre par la fenêtre, âpre et vive, file dans la chambre portée par les odeurs des feuilles tombées depuis peu, par de puissantes senteurs de tourbe mouillée.

Je me rassieds, jambes repliées sous les fesses, la couverture tombant des épaules, comme un chef indien devant son feu. J'allume une cigarette en guise de calumet.

Je repense à l'été de mes vingt-cinq ans, à ce garçon qui me tournait autour, à son regard sombre, à ses cheveux trop longs. Il venait au café avec un groupe d'étudiants en droit et discutait des heures avec eux. Un soir ils avaient élevé la voix. L'un de ses amis s'était moqué de lui, le traitant de bolchevik, de communiste attardé. J'avais entendu son nom, Raphaël.

Puis cette première fois, l'air brûlant à l'intérieur de la mansarde, le robinet de la douche ouvert en grand, la recherche d'un peu de fraîcheur. Il m'avait surprise en me poussant sous le jet tout habillée et m'y avait rejointe pour un baiser très doux qui ne se terminait plus. En essayant de me dégager j'avais vacillé. Il m'avait retenue. Un velours noir ondoyait sous mes yeux. Il s'était penché, s'était mis à genoux devant moi et avait descendu la fermeture Éclair de mon jean. Je ne l'avais pas aidé à le faire glisser sur mes hanches. Il m'avait demandé tout bas de lever un pied, puis l'autre, avait jeté le jean trempé hors de la douche en se relevant. Ensuite il s'était débarrassé d'un même geste de son propre jean et de son caleçon sans que je risque un seul mouvement. J'avais ouvert les yeux et regardé son sexe dressé sous la toison foncée, la peau blanche de l'aine, son ventre bruni de soleil, le T-shirt plaqué sur sa poitrine, les cheveux noirs et mouillés qui s'entortillaient sur son visage aux pommettes rougies, ses yeux brillants et fixes. Je me voyais comme il devait me voir, ma chemise plaquée sur la pointe de mes seins, mains entrecroisées devant ma culotte dégoulinante d'eau. Il ne l'avait pas enlevée, avait recommencé à m'embrasser, puis avait saisi mes poignets et posé mes doigts sur lui. Il s'était caressé avec mes mains, comme détachées de moi. J'avais à nouveau fermé les yeux quand il m'avait retournée contre le mur, écarté le coton de mon slip et était entré en moi. Le carrelage était frais contre ma joue. Ça avait duré si longtemps que mes genoux avaient cédé. Il m'avait suivie au sol et, assise sur lui, j'avais levé le regard et vu des milliards d'étoiles blanches qui tombaient du ciel et m'épinglaient, puis j'avais encore fermé les yeux et c'était fini.

Le jour suivant papa m'avait appelée pour me dire que maman avait glissé. Elle s'était blessée à la tête. Il m'avait avoué qu'elle avait déjà eu des évanouissements ces derniers mois.

Tout avait basculé à ce moment-là. Mon petit monde avait commencé par s'effilocher, au ralenti d'abord, puis de plus en plus rapidement il s'était effondré, entraînant dans sa chute toutes mes priorités.

La mémoire subconsciente est bien moins fragile que la mémoire consciente, qui peut être effacée d'un coup de gomme alors que l'autre subsiste presque jusqu'au bout, permettant de retrouver les gestes pour rouler à bicyclette, par exemple, alors que tout le reste, jusqu'à son propre nom, a plongé dans l'abîme. Mais si les doigts continuent de savoir comment boutonner et déboutonner une chemise, quand la conscience s'en va, d'une vieille peur ne demeure que l'effroi, d'une douleur, des larmes dont on ne connaît plus la cause. De l'enfance, une nostalgie qui peut vous asseoir sur un trottoir un demi-siècle plus tard. De la perte, la peau à nu.

Pendant des semaines, maman avait continué de se plaindre d'une grande fatigue et de problèmes d'équilibre. Elle disait qu'elle avait l'impression d'être sur un bateau au plus gros d'une tempête. Elle sentait des odeurs bizarres, œufs pourris, fleurs blanches, Javel et bois brûlé. Nous faisions toutes sortes d'analyses.

Elle jouait sans arrêt, enchaînant Liszt et Mozart, Satie et Bach. Puis, un matin, elle s'était levée et habillée avec une robe noire à paillettes. Elle avait joué jusqu'à en avoir les doigts rompus, se levant de son tabouret pour faire la révérence après chaque morceau. Papa avait demandé un congé. Moi, j'avais trouvé un petit boulot dans une cafétéria, et commencé à travailler quatre soirs par semaine dans un bar de nuit.

Plus tard, cette même année, un matin de novembre, papa m'avait de nouveau appelée. Maman était introuvable. Nous l'avions cherchée pendant quarante-huit heures. On nous l'avait ramenée en chemise de nuit du Père-Lachaise où elle s'était endormie sous la statue de Chopin. Nous avions pris une infirmière pour la surveiller, inutilement, car dès l'aurore maman s'asseyait devant son piano, passant toutes ses journées sans jouer, tête baissée et bras ballants.

Le 31 décembre, avant d'aller avec Raphaël à une fête de fin d'année, j'étais passée la voir. J'avais respiré sa bonne odeur de savon au muguet et de crème pour les mains. Ses beaux cheveux cendrés étaient ramassés en chignon natté mais la raie n'était pas du bon côté. J'avais défait sa tresse et l'avais recoiffée. Papa lisait le journal devant la cheminée. Les derniers jours avaient été corrects, m'avait-il confié. La cure semblait encourageante, maman réagissait si bien aux nouveaux médicaments qu'elle avait recommencé à sourire, et même à rire. Son rire était l'une des choses qui nous avaient le plus manqué, à tous les deux, depuis le début de la maladie. Nous ne demandions qu'à y croire, mais nos regards se fuyaient.

Dans le taxi, Raphaël m'avait pris la tête entre les mains et murmuré « Je suis fou de toi ». J'étais gênée par la présence du chauffeur, même s'il semblait ne s'occuper que des bouchons.

Plus tard, pendant la fête, alors qu'il fredonnait les paroles d'une chanson à mon oreille, une fille immobile près du seuil, son manteau encore à la main, avait balayé la pièce d'un long regard circulaire. Une dizaine de personnes dansaient, un couple s'embrassait. Les gens riaient, une coupe à la main. Ce regard s'était fixé sur lui. J'avais vu Raphaël changer de visage, l'éloigner du mien, ramasser son verre et se lever. Mes oreilles s'étaient mises à siffler, et le bruit que j'entendais ressemblait à un coup de poignard déchirant un morceau de soie.

Je voudrais retrouver cette vieille photo, prise par Raphaël pendant les vacances, cet été-là. Le soir, une fois la plage rendue à sa nudité, nous nous étendions sur le sable tiède et nous nous racontions nos vies. Il pouvait passer des heures à me parler de ses rêves. Je pouvais passer des heures à l'écouter. Un bain de nuit, encore des baisers, le lit frais qui nous attendait. S'il m'arrivait de crier de plaisir, il mettait sa main devant ma bouche et se penchait vers moi, me suppliant de me calmer comme si je souffrais, me berçant dans ses bras pour que je retrouve mon souffle. Ensuite seulement, une fois mes nerfs apaisés, il recommençait à m'embrasser, cruel et tendre, passionné et sérieux. Sans cette habileté, peut-être lui aurais-je pardonné de m'avoir quittée. Sans ce talent, j'aurais plus facilement oublié.

Je ne sais pas si cette photo je l'ai toujours quelque part ou si elle a été perdue dans mes déménagements successifs, si elle est restée au fond d'un carton ou entre les pages d'un livre, ni si elle réapparaîtra un jour, mais c'est là, maintenant, que je voudrais la revoir et revenir un instant dans la peau de cette fille, dans cet habit lisse, étroitement ajusté, qui l'enveloppait, et ressentir à nouveau ce courage aveugle, cette virginité du mal. L'intrépidité, l'effronterie et la confiance mêlées.

Il faudrait que j'explique à cette fille que quand on tient un amour on le garde, on le défend contre lui-même et contre les autres. Que les hommes sont lâches, fragiles et idiots. Qu'ils s'en vont avec la plus forte, et que leur faiblesse et leur orgueil les empêchent de revenir, même quand ils se sont trompés.

Ce sont ses yeux, surtout, que j'aurais envie de revoir. Cette intensité. Leur chaleur brûlante comme celle d'une allumette en train de se consumer à l'intérieur d'un verre noir.

La chambre est toujours plongée dans l'obscurité, le fantôme d'un chat gratte à la porte pour que je le fasse entrer et, quand je lui ouvre, il entre et saute dans le lit en ronronnant. J'ai encore envie d'une cigarette mais mon paquet est vide. Il faudrait descendre en chercher, refaire du café, ajouter un glaçon à mon whisky tiédi, mais je reste là, assise dans le fauteuil près du lit à me lover dans ma couverture et à repenser à tout ça dans cette nuit qui n'en finit pas.

Nous n'avions pas eu le temps de parler ni de décider quoi que ce soit le matin suivant le retour de Gio. Une urgence nous avait jetés hors du lit aux aurores. Le vétérinaire attitré d'un haras à une cinquantaine de kilomètres de là était en congé. En dix minutes, nous étions sur la route, une

Thermos de café entre nous et une orange à la main. En passant les vitesses je mordillais le fruit, le jus coulait, le volant en était tout poisseux, mais c'était une sorte de rituel, ce café et cette orange mordue en conduisant dans le demi-jour, attendant que le premier rayon de soleil traverse le pare-brise et que la vapeur dans les champs finisse par se lever.

Gio se taisait, mais c'était un silence calme, qui ne posait aucune question. Comme si tout avait déjà été réglé, comme si le reste n'avait plus d'importance. Je sortais reposée de ces quatre jours de répit. Et, effectivement, le reste pouvait attendre.

Je me flatte d'être une bonne vétérinaire. Compassionnelle et ferme, prudente mais sans craintes excessives. Mais, si je manie les taureaux avec une nonchalance téméraire, je me sens pataude, inadaptée devant le moindre poney. Je trouve les chevaux imprévisibles. Ils le sentent immédiatement, d'ailleurs, et jouent de cette crainte. Une fois, un étalon m'a coincée dans l'angle de son box et m'a donné un coup de tête tel que je me suis retrouvée K.-O. Voir trente-six chandelles, ce n'est pas un cliché. Ensuite, comme si de rien n'était, il avait allongé le cou vers moi. Les oreilles pointues frémissantes, la peau palpitante, les yeux brillants comme de l'eau au fond d'un puits. Je n'avais pas pu résister à l'envie d'effleurer ses naseaux d'une caresse.

Cette alliance de beauté, de menace et d'inattendu a toujours représenté, à mes yeux, l'essence même du danger.

À notre arrivée au haras, deux palefreniers nous avaient pris en charge, nous menant à travers plusieurs bâtiments. Les pur-sang hennissaient à notre passage. Je lisais leurs noms sur les box, Tendre est la nuit, Sorry Angel, Éclair de lune, Rose Madder.

Nous avions fini par arriver dans une grande écurie immaculée où une jument malade était couchée les yeux embués, les flancs battant par vagues. À côté d'elle, assise sur un tabouret, se tenait la jeune femme qui m'avait appelée. Elle ne devait pas avoir dormi de la nuit à voir ses cheveux en bataille, ses mains tremblantes, ses vêtements chiffonnés. Elle devait avoir beaucoup pleuré aussi, ses yeux étaient rouges et cernés, son visage pâle avec des traînées grises. Elle avait juste murmuré : « Elle s'appelle Beloved. »

J'avais palpé la jument tout doucement, partout, sans rien trouver d'autre qu'une grande usure, une vieillesse qui avait tout ravagé. La jeune femme ne cillait pas en suivant mes mouvements. Je m'étais arrêtée et j'avais baissé le regard. Elle m'avait touché l'épaule de sa petite main sale pour que je me relève, puis, me regardant droit dans les yeux, elle avait dit : « C'est terminé, n'est-ce pas », et cette phrase, elle ne l'avait pas prononcée comme une question, mais comme une certitude. J'avais hoché la tête pendant qu'elle s'agenouillait, sa joue contre l'encolure de la jument qui tremblait, cheveux blonds mêlés aux poils blanchis de la crinière. J'avais commencé à préparer ma seringue, une dose massive de barbituriques. Je n'avais pas dit un mot de plus. Gio, qui n'avait pas bougé de son coin au fond du box depuis notre arrivée, avait pris la jeune fille par le coude et ils étaient sortis ensemble.

Euthanasier n'est pas un geste anodin. Malgré la pratique, on ne s'y habitue jamais. C'est un constat d'impuissance, de la rage inutile, une compassion qu'on se nie d'éprouver. La mort, ça reste dans les doigts, ça ne s'en va plus. Mais il faut que quelqu'un le fasse. Alors, on le fait.

Certains vétérinaires utilisent le pistolet, avec les chevaux notamment. C'est brutal, mais ça a le mérite d'être rapide. Moi, j'aime mieux la méthode douce. J'ajoute à mon mélange des substances hypnotiques et tranquillisantes, des opiacés qui agissent sur le système nerveux central en inhibant la douleur, ainsi que des dérivés de morphine aux effets euphorisants. La mort est un moment tellement important de la vie... Pendant les cinq minutes suivantes, je m'étais barricadée dans ce monde obscur que d'Aurevilly m'a appris à rallier, un univers glacé de demi-dieu dans lequel mon pouvoir est souverain et où je n'ai droit ni aux doutes ni aux atermoiements.

Quand les bruits de sabots, les hennissements et les râles s'étaient tus, la jeune femme était rentrée. Accroupie, elle avait commencé à caresser le long corps apaisé. Elle ne m'avait rien dit, n'avait pas même levé la tête quand j'étais sortie. Elle devait avoir un peu moins de trente ans. Deux ou trois années de plus que sa jument. Avec Beloved, c'était son enfance et la première partie de sa jeunesse qui s'en allaient.

Au soleil j'avais cligné les yeux. Le propriétaire du haras était debout près de Gio. Je lui avais dit que je lui enverrais la facture. Sans m'arrêter. Je n'aime pas me faire payer quand je donne la mort.

Nous marchions vers l'endroit où j'avais garé la voiture quand Gio était revenu sur ses pas. Les *foals,* les poulains de l'année, s'étaient dirigés vers lui, curieux. Leurs crinières scintillaient dans la lumière de cette fin de matinée venteuse pendant qu'ils secouaient la tête, reniflant la poignée de trèfle que Gio leur avait tendue au-dessus de la barrière dans son poing fermé.

En rentrant, Gio m'avait demandé combien pouvait coûter un de ces chevaux. Je lui avais donné une fourchette de prix. Je lui avais dit aussi qu'une saillie de certains d'entre eux équivaut à ce que je gagne en deux ans.

– Wow ! Dis donc, c'est pas donné, pour cinq minutes de rock 'n' roll, avait-il répondu en riant aux éclats.

À La Louvière j'avais appelé ses parents. C'est Micol qui m'avait répondu. Sa voix tamisée, comme voilée, dont je connaissais la flamme, la soie et la colère. Je ne lui avais pas parlé depuis longtemps, pourtant c'était comme si la conversation entre nous reprenait là où nous l'avions laissée. Aucun embarras, aucune gêne, juste les mots qui s'écoulaient, les sous-entendus de toujours, les plaisanteries familières ponctuées de son rire, un rire clair qui montait pour s'interrompre brusquement. Elle prenait l'équipée de Gio avec une apparente légèreté, la traitant de frasque, de coup de tête d'adolescent, une révolte nécessaire, selon ses mots. Raphaël en avait été beaucoup plus surpris, blessé aussi, d'ailleurs, parce qu'il pensait être proche de son fils, et avait mal pris de ne pas être dans la confidence. Elle me remerciait de ma gentillesse, et d'avoir bien voulu qu'il revienne, le temps des vacances d'été. J'avais été soufflée par la forfanterie de Gio, mais je n'avais rien dit à Micol, et j'avais acquiescé.

La nuit s'étire, semble ne plus vouloir se terminer. Le bois du parquet de ma chambre respire sous mes pas. Le ciel à cette heure-ci ressemble aux yeux d'un nouveau-né avant que l'on sache de quelle couleur sera l'iris. Le temps n'est pas venu d'ouvrir les volets.

À treize ans j'étais partie avec maman à la montagne. La pension, avec ses balcons en bois pleins de géraniums et les volets percés de grands cœurs, était pour moi celle de Blanche-Neige. On y mangeait des choses étranges, omelettes à la confiture, soupes de pain et de légumes sauvages et tartes aux baies. Notre chambre ouvrait sur la montagne. Tous les jours maman faisait ses gammes sur le Yamaha assourdi de la pension, en soupirant après son Magne malgré le mal qu'elle en disait d'habitude. Le soir, au lit, elle me caressait la tête lorsqu'elle me croyait endormie.

Je lisais pour la énième fois *La Fille des neiges* et *L'Appel de la forêt*, à l'époque mes livres préférés.

Un matin nous étions parties tôt pour aller au glacier. Le ciel était encore sombre, la journée s'annonçait limpide et sans nuages. On n'avait pas pris grand-chose avec nous, juste un petit sac à dos avec deux pulls, deux pommes, un peu de fromage et du café très sucré avec une goutte de marc dedans. Nous n'avions pas besoin d'eau car le sentier était traversé par des ruisseaux sur les trois quarts du parcours. Il n'y avait que la dernière partie qui était très exposée, pelée et raide. Nous étions montées vers le glacier d'un bon pas, nous étions arrêtées pour grignoter notre casse-croûte et nous étions vite remises en route, car le ciel se couvrait très rapidement, même s'il ne faisait pas froid. Maman se moquait de moi, car je peinais à la suivre, elle qui marchait d'un pas cadencé digne d'un montagnard. Les pins et les mousses avaient cédé la place à la roche nue et aux muscs de haute montagne, avec leurs minuscules fleurs fluorescentes. Une fois tout en haut nous avions attaqué la crête, étroite bande de graviers entre deux précipices, l'un en pierres rondes et glissantes, l'autre, infiniment plus beau et dangereux, couvert d'une neige mousseuse comme une couette d'enfant. Elle m'avait demandé de ne pas regarder en bas.

À une demi-heure peut-être du glacier, les nuages s'étaient massés au-dessus de nous. Tout d'un coup, l'air était devenu glacial. Nous avions sorti les pulls et continué. Nous n'avions aucune envie de redescendre sans avoir vu le glacier, pas question de laisser tomber si près du but. Les nuages étaient pourtant si proches, si menaçants, si gonflés d'électricité que le souffle me manquait, mais je n'avais rien dit. Maman marchait devant moi sans donner l'impression d'autre chose que d'être pressée d'y être.

Puis ça s'était déchaîné. Nous avions été complètement trempées en quelques secondes, comme si au-dessus de nous la voûte s'était ouverte en deux. Maman s'était arrêtée. Ses yeux avaient changé de couleur. Je ne les avais encore jamais vus comme ça. Elle était envoûtée par le sentier, fixant les cailloux qui roulaient sous nos pieds, emportés par la pluie. Le chemin venait de se transformer en torrent. Elle m'avait fait signe d'en sortir, vite. Sans nous parler nous avions dévalé à toute vitesse les prés trempés de pluie. Boueuses de la tête aux pieds, les vêtements imbibés d'eau, nos chaussures dérapant dans les éboulements, nous avalions le chemin parcouru à l'allée sans nous donner le temps de reprendre notre respiration. Mais le pire devait encore arriver.

Les foudres avaient commencé à exploser tout autour de nous. C'était comme être bombardées. Maman s'était approchée de moi et m'avait prise par la main. Nous avions couru encore plus vite, finissant par atteindre une sorte d'étable remplie de foin sec. Là, elle m'avait obligée à me déshabiller et m'avait frottée avec la paille. Elle s'était également frotté les jambes et les bras, puis on s'était rhabillées et on avait attendu la fin de la tempête en nous passant le gobelet de café. L'alcool et le sucre nous avaient apaisées. J'étais ivre à cause de la course et du marc, maman avait un étrange rictus aux lèvres. Je lui avais demandé pourquoi elle m'avait pris la main, là-haut, puisque de toute façon on n'arrêtait pas de trébucher et de tomber, toutes les deux.

Elle m'avait répondu : comme ça, si une foudre était tombée sur toi, je serais morte aussi.

Six années de descente aux enfers, main dans la main, marche après marche d'un interminable escalier. Six années pendant lesquelles je me suis sentie coupable chaque instant que je n'ai pas passé avec elle, six années pendant lesquelles elle se décharnait, se spoliait, comme si elle ne voulait laisser d'elle-même que quelques os à ronger.

Les belles mains de maman. Ses yeux tendres et clairvoyants, ses pieds cambrés, sa grâce, ses mots doux, ses caresses sur mes cheveux, sa façon d'ouvrir la porte de ma chambre sans faire de bruit pour poser la tasse de café près du lit, ses silences plus intelligents que tant de mots, l'amour vertueux qu'elle portait à mon père, sa peau d'abricot, son odeur propre, sa voix de contralto, tout ce qui s'envolait en même temps que sa mémoire, la rigoureuse beauté de son existence, la sévère discipline de sa vie, et ses heures de clavier tempéré, et sa passion du baroque, la somptueuse touche qu'elle posait sur son piano, talc et fougère, soleil noir, eau verte ruisselante.

Je me souviens de la cassette qu'elle avait enregistrée pour m'en faire cadeau le soir de mes seize ans, ces concertos italiens de Bach qu'elle jouait les yeux fermés, et je la revois, mains courant sur le clavier, libellules dorées dansant au soleil, cou ployé, lèvres entrouvertes sur un souffle venu d'ailleurs. La cascade de notes claires, sa sensualité et sa mélancolie, le sens du temps, la nostalgie et l'espoir, la joie parfois, un bonheur lucide, s'égrenaient sous ses doigts. Elle était de ces êtres qui ne se donnent qu'une fois, qui tiennent à jamais leur parole, une madame de Tourvel, l'une de celles qui se laissent mourir plutôt qu'abdiquer. Une femme droite, une cabocharde, une obstinée.

Je me suis souvent demandé d'où venaient la connaissance, la sagesse qu'elle avait de la vie, le calme aussi, et cette manière de savoir prendre la bonne décision sans jamais revenir sur ses pas, sans jamais regretter quoi que ce soit.

Je crois que la loi des hommes est imparfaite, mais elle n'est pas aussi injuste que celle à laquelle nous sommes tous soumis, bien plus incompréhensible et arbitraire. J'aimerais pouvoir dire qu'à ce jeu, même si j'ai beaucoup perdu, j'ai aussi beaucoup gagné, mais ce n'est pas vrai. Il n'y a pas d'échanges possibles, on ne fait pas de chantage au destin ou au bon Dieu.

À quel moment on commence à mourir ? Ma mère vivait de musique et par la musique. Un jour elle a posé ses doigts sur le clavier, sans jouer, des larmes silencieuses tombant sur les touches, perdue. Puis elle a levé la tête et m'a dévisagée. Son regard était transparent, limpide comme il ne l'avait pas été depuis longtemps. Elle m'a priée de venir près d'elle. Je me suis accroupie pour avoir le visage proche du sien. Elle a pris mes mains dans les siennes et m'a demandé de l'écouter sans l'interrompre, jusqu'au bout.

Souvent, à l'adolescence, nous nous faisons une promesse ; mourir au premier signe de déclin nous semble si simple, si absolument justifié que la traversée de la première jeunesse se fait à toute allure, sans peur et sans émoi.

Mais ce signe fatal ne cesse de reculer. Le premier cheveu blanc, on l'arrache. La première douleur à l'épaule, qui s'installe pour des mois entiers, on l'attribue encore à une vieille blessure. Qui sait où la vie va se nicher quand on dit qu'on n'en peut plus ? Qui, et à quel moment, a le droit de décider ?

Aujourd'hui, on peut acheter en Hollande et en Belgique des boîtes, comme des bonbonnières, qui referment le nécessaire pour en finir en beauté. Ça ne coûte pas cher, et un médecin de confiance peut facilement s'en procurer. Épicure disait de ne pas craindre la mort, « quand elle est là, tu n'y es pas, et quand tu es là, c'est elle qui n'y est pas ». Dire adieu à la vie sans avoir honte de soi me semble aujourd'hui la plus responsable des volontés.

Ma petite Emma,

Je t'écris en vitesse sur le coup de la surprise, parce que j'ai lu dans la presse que tu as des ennuis. On te fait des misères on dirait, et je compatis. Si ça peut te consoler, sache que, te connaissant comme je te connais, jamais je ne croirais que tu as fait quelque chose de blâmable. Et même, aurais-tu tué quelqu'un, je penserais que tes raisons se tenaient. Je sais que la banalité du mal n'est pas pour toi. Ton pessimisme, comme le mien – par les temps qui courent, c'est plutôt le signe d'une certaine santé –, ne nous permet pas de laisser les choses suivre naturellement leur mauvaise pente. Sachant que cela ne sert peut-être à rien, sachant même que cela peut nous détruire, nous agirions selon notre conscience. La tienne est celle d'une femme de bien. La mienne, celle d'un ancien anar qui aime les pieds de nez.

Tu sais où me trouver. Viens si cela peut te faire plaisir, si cela peut t'aider d'une quelconque manière. Viens de toute façon, d'ailleurs, car je veux te présenter quelqu'un.

Ton vieil ami.

Thomas d'Aurevilly

Cette lettre de d'Aurevilly fait partie du peu de choses que j'ai réussi à sauver du désastre. Il ne me reste plus beaucoup d'objets chers, aujourd'hui, mais les souvenirs, eux, sont bien là, nets et précis comme un film en train de se dérouler.

Je ressens l'odeur de créosote de la forêt que nous traversions une nuit, le sourire qui ne quittait pas le visage de Gio, le bonheur de l'avoir près de moi – ce même bonheur teinté d'une sorte de regret que devait avoir mon vieux d'Aurevilly quand nous étions ensemble.

Ce soir-là, Gio et moi nous étions mis en route très tard. Une série de contretemps avait repoussé notre départ. J'aurais dû avoir assez de bon sens pour attendre le matin, mais l'affolement du fermier m'avait décidée. Nous avions déjà fait la moitié du chemin quand, soudain, il avait commencé à pleuvoir, de fines gouttes d'abord, une pluie d'été, puis, très vite, le déluge; les ténèbres avaient envahi les bois. L'eau frappait en larges vagues transparentes le pare-brise, la vapeur remplissait la voiture et le brouillard s'était levé. Comme je n'y voyais rien, j'avais ouvert la fenêtre de mon côté et conduisais la tête penchée à l'extérieur. Les yeux collés à la route, j'essayais de suivre une ligne blanche brouillée qui disparaissait de temps à autre. Je conduisais si lentement que la voiture avait calé et Gio, hurlé de rire. Je le connaissais si bien que j'aurais pu prévoir ce qu'il allait dire. Ça n'avait pas loupé :

– Chic alors, Emma. Le coup de la panne !

Agacée, je n'avais pas répondu. Nous avions encore roulé pendant une dizaine de kilomètres, puis une flèche de poils roux avait traversé la route. Le choc à l'avant avait été presque imperceptible, mais nous l'avions entendu comme amplifié, un bruit de succion humide et obscène. Jaillissant en même temps de la voiture nous avions laissé les portières ouvertes et les phares allumés pour éclairer la portion de route devant nous, mais même en cherchant partout, nous n'avions pas trouvé trace de sang sur l'asphalte, pas de corps coincé sous les pneus non plus ; tout autour, c'était l'obscurité balayée par des trombes de pluie. Puis, lentement, comme en rêve, la voiture avait glissé sur le bas-côté. Remonter dedans était trop dangereux. Après une autre glissade que nous avions suivie des yeux, impuissants, la Jeep s'était arrêtée sur un tas de branchages, trois roues dans le fossé. Gio avait levé les yeux au ciel, sans commentaire. Il nous était impossible de la sortir de là sans aide. Et impossible aussi d'appeler qui que ce soit, car mon portable ne captait pas. J'avais verrouillé les portières et nous nous étions mis en route vers la seule lumière que l'on apercevait au loin, les cols de nos vestes relevés, en trébuchant sur les branches cassées.

La femme qui avait entrebâillé la porte du café-restaurant pouvait avoir entre trente et cinquante ans. Elle n'était ni laide ni jolie ; juste usée. L'établissement venait de fermer pour la nuit, mais après nous avoir examinés à travers la porte vitrée, elle avait ouvert et fait signe d'entrer.

Nous étions à tordre. Gio, qui n'avait que son T-shirt sous sa veste en jean, claquait des dents. J'avais bredouillé quelques explications. La femme m'avait à peine écoutée. En regardant Gio elle avait proposé de s'occuper de ses vêtements et de lui donner, en attendant qu'ils sèchent, quelque chose à se mettre sur le dos. Ensuite elle s'était tournée vers moi, avait secoué la tête et marmonné « c'est pas une nuit à laisser un chien dehors ». Des flaques d'eau s'étaient formées sous nos pieds. Elle était partie et revenue avec des serviettes et deux gros pulls, puis elle nous avait demandé si on voulait manger quelque chose. Il lui restait de la blanquette. Elle avait ajouté qu'à son avis « à cet âge-là, les enfants, il vaut mieux les avoir en photo qu'en pension, et votre fils, madame, n'a pas l'air de faire exception à la règle ». Quand elle avait dit « votre fils », Gio s'était gratté la tête, soudain intéressé par le plafond.

La blanquette était divine. Pendant que nous dévorions, la femme, qui s'appelait Françoise, nous avait raconté un peu sa vie et celle de Saint-Symphorien-des-Bois, le village où nous étions tombés. Ici, elle était la seule qui faisait encore de la résistance. Elle aimait bien son coin, elle y était née ; ça lui déplaisait de voir que tout le monde partait, que la boulangerie puis l'école fermaient, que les maisons tombaient en ruine ou étaient rachetées par des Anglais qui n'y venaient que l'été. Je n'avais jamais entendu l'expression qu'elle employait : elle qualifiait le bourg de « paroisse de lits froids ». Ces mots m'avaient fait frissonner.

Son fils de dix ans, Sébastien, couchait à l'étage, mais « son père, il a foutu le camp. Parti sans se retourner. Bon débarras ». En fin de compte, elle n'était pas mécontente de sa vie, son petit Sébastien ne manquait de rien, et les hommes, on n'en avait pas tant besoin que ça, passé un certain âge, « n'est-ce pas, madame ? ».

Après avoir saucé le fond de l'assiette et accepté en minaudant un « raccord de blanquette », Gio avait bâillé, une main devant la bouche. J'étais fatiguée aussi, mais je ne pouvais pas me décider. Dehors, il continuait à tonner, et le déluge n'était pas près de s'arrêter. De toute façon, à cette heure-ci et au milieu de nulle part, aucun dépanneur ne viendrait. La femme nous avait fixés, d'abord moi, puis Gio. Gênée, je songeais à retourner dans la voiture où d'une manière ou d'une autre on se serait arrangés. J'ai toujours des bâches à l'arrière et, même si d'habitude je les utilise pour les animaux, elles auraient fait l'affaire cette nuit-là.

Puis Gio avait à nouveau bâillé et la femme avait souri.

« Vous pouvez dormir en haut dans la cuisine si vous voulez, mais il va falloir vous serrer, je n'ai qu'un petit canapé-lit d'appoint pour les urgences, comme celle-ci. Si ça vous convient, je vous l'offre avec plaisir. » Elle avait répété « c'est pas une nuit à mettre un chien dehors, non, vraiment pas », et nous avait ouvert la route dans l'escalier étroit. Elle avait déposé sur le divan, objectivement minuscule et surtout très court, les draps, deux oreillers et trois couvertures un peu rêches qui sentaient la naphtaline et la vieille lavande fanée.

En sortant elle avait éteint derrière elle, ne laissant qu'une petite ampoule allumée sous la chape de la cuisinière.

Gio s'était tout de suite endormi, pelotonné dans un fouillis d'étoffes comme dans un nid, les pieds hors du lit. Le silence n'était rompu que par les craquements du bois et les gouttes de pluie qui s'écrasaient sur le toit. Je ne bougeais pas de peur de le déranger. Quand cette sombre cuisine aux odeurs de friture et de détergent s'était éclairée du mauve de l'aube, je m'étais levée, j'avais passé l'un des pulls prêtés par la femme et je m'étais approchée de la fenêtre. Il faisait froid dans la pièce, un froid cru qui pénétrait la peau jusqu'aux os. Le ciel était encore foncé, avec pourtant un peu de rose dans les nuages, un rayonnement doré. Tout autour de la maison les arbres se balançaient dans l'air du matin avec un bruit d'ondée. Assise sur une chaise, la tête couchée entre les bras sur le rebord de la fenêtre, j'étudiais deux papillons bruns collés dans l'embrasure, comme dessinés au pinceau. La vrille d'une vigne vierge s'enroulait sur le volet ouvert. C'est ainsi que la femme m'avait trouvée plus tard, lorsqu'elle était entrée pour préparer le petit-déjeuner. Nos vêtements secs à la main, elle nous avait salués d'un « alors, bien dormi ? » général, puis avait commencé à s'affairer. Gio s'était réveillé et étiré en meuglant

« Bonjour madame, oui, merci, ce que j'ai faim ce matin bon Dieu ».

Sur la table il y avait du café, du lait, du beurre, une baguette et un pot de confiture maison. La petite pièce s'était vite réchauffée. Pendant que Gio enfilait son slip et son jean en se tortillant sous la couverture, Sébastien, bien peigné, raie de côté, avait fait son entrée. Habillé en Zorro. Sa mère lui avait versé son chocolat tandis que Gio proposait de lui beurrer une tartine. On n'avait pas encore fini de manger qu'elle nous avait dit, en s'excusant, de nous dépêcher, car à l'école c'était le jour du psy et elle avait rendez-vous. Alors que nous étions en train de sortir à la queue leu leu, Sébastien s'était immobilisé et avait déclaré qu'il ne partirait pas sans son épée.

Gio était retourné en haut la lui chercher.

Si maintenant on me posait les mêmes questions que pendant le procès, qu'est-ce que je pourrais dire de plus sur Gio ? Bien sûr que c'était un môme. Pourquoi me justifierais-je de quoi que ce soit, puisque mes décisions je les ai prises en connaissance de cause ? Gio allait avoir quinze ans, qu'aurait-il pu être d'autre qu'un môme ? Un môme intelligent, malin comme un singe, idéaliste et – une fois n'est pas coutume à cet âge-là – bien dans sa peau. Mais on oublie trop facilement qui on est à quinze ans.

À quinze ans, on est assez vieux pour conduire dans certains États d'Amérique : on peut se tuer et tuer d'autres personnes en voiture, mais on ne peut acheter une bière nulle part. À quinze ans – et jusqu'à dix-huit –, regarder un film porno est interdit en Europe, mais dès quinze ans une jeune fille peut légalement avoir recours à la contraception, devenir mère, accoucher sous X, remettre son enfant à l'aide sociale ou exercer l'autorité parentale sans l'autorisation de ses parents. À quinze ans, on n'est ni d'un côté ni d'un autre, juste au milieu, même si on sait déjà beaucoup de choses, parfois autant qu'on n'en saura jamais.

Gio jonglait. Il négociait son quotidien entre l'enfance et l'âge adulte, conscient que si les ennuis ne manquaient pas d'un côté, de l'autre il allait falloir les assumer.

Je sais depuis longtemps que nous avons tous en nous un instinct formidable : celui de hâter notre destin. Gio et moi, on allait le hâter chacun de notre côté, avec nos trajectoires aussi inexorables que l'orbite de deux astres. Et notre âge à tous les deux n'était qu'un élément de cette course à la collision.

Alors que dire de plus ? Les kilos de riz au lait qu'il ingurgitait ? Ses brèves attaques de vertu végétarienne, pendant lesquelles il ne mangeait plus que des immenses bols de yaourt avec dattes, amandes, bananes par régimes et avoine par meules entières ? Les tartines géantes de Nutella et le parmesan râpé par paquets ? La manière dont il se moquait de moi, gentiment mais cruellement, comme le jour où j'avais fait l'effort d'aller chez le coiffeur et qu'en rentrant je lui en avais fait part, tant c'était rare et méritoire à mes yeux, et alors Gio avait répliqué : ma pauvre, il était fermé ?

Mais aussi ses retraites précipitées quand, en short dans le jardin, une pensée, la caresse du vent sur sa peau, le troublaient, et la salle de bains violentée avec des serviettes trempées partout, les dentelles de mousse à raser et de dentifrice jusque sur le plafond, les armoires avec toutes les portes et tous les tiroirs ouverts, et les carpettes et les tapis, ses ennemis jurés, que je retrouvais enfouis dans les lieux les plus incongrus. Et puis nos conversations de débiles légers.

– Qu'est-ce que tu aimes le plus, Emma ?

– Étendre le linge en plein air, surtout les draps blancs. Attendre qu'ils sèchent. Les replier tout craquants. Dormir dedans. Respirer l'odeur de la lessive et des aiguilles de pin. Et toi ?

– Faire le cake avec mes petites sœurs. Et qu'est-ce que tu détestes le plus, toi ?

– Les chaussettes courtes… enfin, les chaussettes courtes pour les hommes.

– C'est vrai ? En tout premier, c'est ce que tu détestes ?

– En tout premier, je déteste les chaussettes courtes blanches.

– Allez, Emma. Pour de vrai. Ce que tu détestes le plus pour de vrai.

– Les chaussettes courtes blanches avec des mocassins à glands.

– Oh… c'est assez moche, oui.

– En même temps, Belmondo dans *À bout de souffle* porte des chaussettes blanches courtes, et il est quand même sexy. Enfin… Toi, qu'est-ce que tu détestes le plus ?

– Moi, c'est les nanas qui roulent des pelles avec un chewing-gum dans la bouche. Elles le rangent sous la langue pour recommencer à le mâcher après.

– Tu sais, j'ai connu un garçon qui le cachait derrière l'oreille.

– Non, c'est vrai ?

– Non, c'est pas vrai. Ce qui te rend le plus triste ?

– Les chiens et les chats qu'on prépare pour la Grande Journée de l'Adoption et qui ne trouvent pas preneur. À toi. Ce qui te fait le plus peur.

– Oublier.

Gio ne pouvait pas rester sans rien faire. Après avoir coupé et débité les branches mortes, tout rangé dans le garage, peint mes volets d'en bas ainsi que la porte d'entrée, il avait installé une table en bois et deux fauteuils en velours, récupérés dans le salon où ils prenaient la poussière, entre deux ailes de fougères. Le soir nous dînions là, à la lueur des bougies qu'il avait piquées dans un candélabre déniché je ne sais où. Les branches des arbres formaient une voûte au-dessus de nous, une salle à manger de verdure. Le matin nous prenions le temps pour de longs petits-déjeuners. Nous allions faire les courses en ville. La boulangère lui refilait des chouquettes à l'œil, la bouchère me disait « Il est gentil votre neveu ».

Au marché, Gio avait voulu acheter du miel pour nos petits-déjeuners. Nous nous étions arrêtés devant l'étal d'une dame aux cheveux blancs et aux joues fraîches comme des pommes. Elle nous avait dit d'en profiter, car il n'y en aurait pas plus. Gio lui avait demandé pourquoi. Elle nous avait raconté que le paysan auquel appartiennent les terrains à côté de chez elle avait commencé à moissonner vers 2 heures de l'après-midi le jour précédent. Elle nous avait expliqué qu'à cette heure-là, il y a environ cinq abeilles par mètre carré en train de butiner. Elle l'avait supplié de remettre sa tâche au soir pour que les abeilles puissent rentrer aux ruches. Du haut de sa moissonneuse-batteuse, il lui avait répondu « Pas que ça à foutre ».

« C'est d'autant plus bête, avait ajouté la vieille dame, que son terrain est une jachère. Il pourrait très bien se passer de moissonner. » Résultat, comme le paysan possédait dix hectares, cinq cent mille abeilles avaient été broyées. Et au moins autant de papillons, de libellules, de grillons, plus les perdreaux qui venaient de naître. Les abeilles gardiennes avaient attendu les ouvrières toute la soirée, et encore le lendemain matin.

La dame avait expliqué à Gio qu'il faut vingt et un jours pour que les nouvelles ouvrières soient productives. Elle avait insisté sur le fait que ce sont elles qui pollinisent les fruits et les légumes que nous mangeons, et que trente-cinq pour cent de notre subsistance en dépendent.

Gio et moi étions rentrés en silence, tristes et en colère. Son seul commentaire avait été : « Dis-moi, Emma. De la connerie ou de la cruauté, qu'est-ce qui tue le plus ? » Je ne lui avais pas répondu.

Il aimait véritablement, passionnément, les animaux. Je l'avais vu sortir un lézard de l'évier, ne pas se servir d'une prise de courant parce qu'une araignée tissait sa toile à côté. Je l'avais vu avec un chat vagabond enroulé autour du cou, tous les deux plongés dans le sommeil le plus heureux.

... Gio me demandait souvent pourquoi je ne voulais pas de chats. Il insistait : il y en avait tant qui arrivaient par le jardin, se frottaient à ses jambes pour avoir un peu de nourriture. Ç'aurait été très simple d'en garder un, ou deux, ou...

– Tu vois bien que c'est sans fin. Pourquoi pas celui-ci, et pourquoi pas le suivant et celui d'après ?

– Eh bien, oui, pourquoi pas !

– J'adopterai un chat quand j'en trouverai un qui soit assez malin pour me préparer le petit-déjeuner.

– Ce n'est pas drôle, ils font ce qu'ils peuvent. Ils rapportent des cadeaux, des mulots, des souris.

– Je déteste les souris au petit-déjeuner.

– C'est injuste ! Tout le malheur vient de ce que tu manges des tartines au lieu des souris !

Je n'avais jamais voulu d'animal domestique, mais je voyais Gio et un gros matou devenir de plus en plus familiers. C'était un rouquin aux larges mâchoires et aux oreilles lacérées par les batailles qui ronronnait dès qu'il entendait sa voix. Il l'avait appelé Nil.

Le soir, lorsque nous rentrions, le chat arrivait en courant, la queue en panache, les yeux plissés de bonheur. Chasseur redoutable, il nous déposait régulièrement oiseaux et musaraignes devant la porte d'entrée. Une fois son amitié ainsi témoignée, il les dévorait. Habitué à pourchasser sa nourriture si personne ne lui en donnait, il ne jouait pas avec ses proies. Il leur brisait la colonne vertébrale d'un coup sec, précis comme une estafilade au bistouri. Aucune de ses victimes ne souffrait.

Avec mon accord muet, Nil s'était installé.

Gio était heureux avec lui. Du reste, il était heureux tout court. Il était ce qu'il était déjà tout petit, souvent très gai, parfois balourd, rarement boudeur. Un compagnon délicieux, respectueux du rapport maître à élève qui avait fini par se créer entre nous. Mais la nuit, ce n'était pas tout à fait comme entre moi et d'Aurevilly.

Raphaël et Micol téléphonaient régulièrement, mais ils étaient distants, perdus dans leurs soucis. Indifférents, au fond.

Ceux qui nous ont fait du mal conservent sur nous un pouvoir démesuré. Est-ce que c'est parce qu'on a souffert à cause d'eux qu'on les aime plus qu'on ne le voudrait ? Ou profitent-ils, justement, de ce qu'on les aime trop pour nous blesser ?

C'était la fin d'une journée de septembre, il pleuvait et l'obscurité était déjà tombée. Micol en rentrant avait ôté sa veste et s'était débarrassée de ses chaussures puis s'était précipitée dans la salle de bains sans un regard. Au bout d'un long moment, étonnée par le silence et l'heure qui tournait, j'avais frappé. Elle n'avait pas répondu. J'avais entrebâillé la porte. Un long rideau blanc cachait la baignoire. J'étais entrée et l'avais écarté. Sa fine tête aux cheveux mouillés reposait sur son épaule droite, les yeux fermés. La mousse dessinait les contours de son corps, découvrant ses épaules frêles et ses seins. J'avais tendu ma main mais je l'avais vite retirée, hésitant à la réveiller. Je l'avais appelée à voix basse, sans qu'elle bouge. J'avais eu peur. En lui tapotant la joue plus brusquement que je ne l'aurais voulu j'avais envoyé son crâne heurter l'émail de la baignoire. Le bruit mat m'avait effrayée. Ne dévoilant que le blanc un peu gris, ses yeux s'étaient entrouverts, puis refermés. Elle était lourde dans mes bras quand je l'avais sortie du bain. Toute nue, je l'avais transportée jusqu'aux toilettes. Deux doigts dans la gorge, la tête plongée dans la cuvette, je l'avais forcée à vomir. Quand j'avais été sûre qu'elle n'avait plus rien dans l'estomac, je l'avais enveloppée d'une grande serviette et portée dans la cuisine. L'asseyant sur une chaise, je lui avais passé un torchon humide sur le visage. Elle ne parlait pas, ne réagissait pas. Je lui avais fait boire du café froid qui était resté dans la cafetière, la soutenant d'un bras passé derrière le dos. Elle avait marmonné quelques mots sans suite, puis une phrase que j'avais comprise :

– Je ne suis pas méchante… je ne suis pas une sale égoïste… hein, Emma…

Une fois couchée dans mon lit, elle m'avait interdit d'appeler un médecin. Je m'étais installée près d'elle tout habillée et je l'avais bercée en lui parlant pour qu'elle ne se rendorme pas. Des filets de larmes coulaient de ses yeux, de la morve gouttait de son nez. Elle l'essuyait avec le drap. Je voulais appeler Raphaël au bureau, mais elle m'en avait empêchée. Entre deux hoquets, elle m'avait raconté.

Raphaël et elle s'étaient disputés. Ils étaient trop différents, tous les deux, ils ne voyaient pas la vie de la même manière ; il valait mieux arrêter cette histoire qui n'allait nulle part, lui avait-il dit. Le cœur explosant dans la poitrine, j'étais sortie du lit. Titubante, Micol s'était levée aussi et m'avait suivie. J'avais du mal à respirer, je ne quittais pas des yeux un rectangle de marbre usé sous l'évier pour ne pas la regarder. Le long silence qui avait suivi était rompu par ses sanglots. Puis elle avait posé une main sur mon bras et j'ai vu qu'elle allait tomber. Je l'avais cueillie et ramenée au lit. Il était impossible qu'elle reste seule, alors j'étais demeurée près d'elle. Elle avait recommencé à pleurer tout doucement, m'avait caressé le visage et m'avait embrassée, de pauvres petits baisers embrumés. Elle se serrait contre moi, grelottante, les mains froides, les cheveux collés sur le front, sa belle bouche enflée. Je l'avais prise dans mes bras et elle m'avait encore embrassée, mais cette fois son baiser était trouble, salé, passionné, et le temps d'un soupir je m'étais laissé faire avant de me dégager. Elle m'avait demandé un mouchoir. Ses larmes séchées, elle avait repris sa respiration. Le dos calé contre les oreillers, elle avait balbutié :

– Tu es la première à qui je le dis, Emma. J'attends un enfant. Raphaël ne le sait pas. Voilà.

Il nous avait surprises un moment après. Pâle, sans parler, il nous observait du seuil, indécis, inquiet. Alors, j'étais sortie du lit. C'est dans l'énorme canapé qui trônait dans la cuisine que j'avais passé le reste de la nuit.

Le matin, assise sur un tabouret, j'avais longtemps regardé les draps tourner dans la machine à laver, avec l'impression d'avoir perdu quelque chose et de ne plus pouvoir le récupérer, et en même temps que tout était propre à nouveau, même si la donne avait changé.

Le soir de la naissance de Giovanni, quand Raphaël m'avait déclaré que je n'avais qu'un mot à dire, juste un mot… quand il m'avait dit qu'il en avait marre, qu'il était épuisé, qu'il n'était pas fait pour les appétits mondains de Micol et les récriminations des beaux-parents, dont il abhorrait aussi bien les goûts esthétiques que les opinions politiques… est-ce que ce soir-là, alors que j'étais seule comme on peut l'être à Paris quand on est pauvre, alors que j'avais dans ma bouche la saveur de son baiser et sur ma peau le souvenir cuisant de la sienne, alors que j'en crevais de lui dire oui, est-ce que j'ai été bête, lâche ou généreuse de répondre non, c'est trop tard, tu te trompes maintenant comme tu t'es déjà trompé ?

Raphaël était revenu vers moi comme les hommes reviennent à une tanière moins éblouissante mais plus confortable, et moi, je l'avais renvoyé vers elle. J'étais arrivée chez moi plus d'une heure après l'avoir quitté en bas de chez lui. Dans mes poches, je n'avais même pas assez d'argent pour un taxi.

Le soir de son quinzième anniversaire, j'avais emmené Gio au bord de l'eau. Assis sur le petit pont comme le soir de son arrivée, j'avais débouché une bouteille de champagne. Je lui avais donné aussi ses deux autres cadeaux, un T-shirt noir avec « *No family, no problem* » écrit dessus en blanc, et un magnum de bulles de savon. Le bois était glissant et usé. Nous avions calé nos pulls sous nos fesses. Il avait versé le champagne et nous avions trinqué. Lorsque le jour avait disparu, laissant dans l'air une laitance rose, nous avions récupéré nos pulls pour les enfiler. « À tout prendre, avait dit Gio, il vaut mieux avoir le cul humide que la poitrine exposée. » Les bulles de savon se posaient sur l'eau calme puis se dissolvaient. L'obscurité venue, nous ne les voyions plus. Côte à côte, nous avions écouté le bruit de l'eau jusqu'à ce que la fraîcheur et la rosée nous chassent.

Cette nuit-là je n'avais pas dormi. Je n'avais cessé de le regarder, émerveillée par sa peau sous laquelle une lampe semblait briller, par ses cils lustrés. Son souffle était doux, régulier. Il dormait, et moi je veillais.

Ses vêtements traînaient par terre, formant des tas grisâtres là où il les avait laissés tomber. Il était chaud, presque brûlant. Il gigotait dans son sommeil. Ce n'étaient pas des mouvements brusques, plutôt des ajustements infimes, des longs soupirs, des flottements. Une veine palpitait à son cou. Il dormait comme dorment les chiots, rêvant et frémissant. Moi je priais qu'on me laisse encore trente, quarante étés, hivers, automnes, printemps.

Est-ce que j'aurais le courage de respecter ma promesse d'adolescente et de m'arrêter avant, sinon ? Printemps, été, automne, hiver. Peut-être un automne, alors. Peut-être le souffle me manquera-t-il pour affronter un dernier hiver.

Cet été-là avait été tout doré, avec des hirondelles par milliers au crépuscule, des champs brossés, des chevreuils qui venaient au bord des bois pour brouter quelques épis oubliés.

Nous dînions tard le soir, et toujours dehors, car il faisait très chaud. Les murs de la maison emmagasinaient les rayons du soleil et irradiaient la nuit, rendant les chambres invivables. Dans le jardin, la pelouse était une jungle, avec de grosses fleurs en forme de parasol qui se balançaient sur une mer de tiges minces, ondulantes, élancées ; les fougères avaient tellement poussé qu'elles en étaient monstrueuses, vertes et drues à la base, roussies au bout. Les nuits étaient des oasis infinies, velours noir et clair d'étoiles. Les jours s'étalaient, affairés.

Entre Gio et moi se déployait un réseau de gestes discrets, un fil tendu de phrases non dites, de blagues éculées derrière lesquelles on se cachait. Il me parlait de ses goûts musicaux, Genesis avant le départ de Peter Gabriel, Pink Floyd période *Dark Side of the Moon*. Des discussions sans queue ni tête, des jeux de mots idiots, des sottises pour me faire rire, moi qui ne riais pas si souvent : « Allez, quoi, laisse-toi faire, tu es avec le roi de la braise, profites-en », avait-il proclamé un soir où il aurait voulu faire un barbecue, malgré les 30 degrés.

Des jours distraits et fragiles, des nuits cuivrées, pâles, exténuées.

Nous étions, à ce moment-là, en sursis, mais déjà on ne pouvait plus rien changer à ce qu'il s'était passé, et rien non plus à ce qui allait arriver.

La fin de la canicule s'annonçait. Les orages roulaient sans rompre, menaçants, lourds, oppressants. J'avais demandé à Gio de tondre. Toute la journée, graminées et fougères s'étaient affalées sur elles-mêmes. L'odeur des herbes qui commençaient à sécher aussitôt coupées et de la terre mise à nu prenait aux narines, nous tournant la tête et nous faisant tousser. Le temps de rentrer la tondeuse et les premières gouttes avaient commencé à tomber. Gio était venu se réfugier sous la marquise où je l'attendais, une serviette entre les mains. Torse nu, en nage, il s'ébrouait, refusant d'enfiler le sweat-shirt que je lui tendais. Il m'avait poussée sous la pluie, faisant barrage de son corps pour m'empêcher de me remettre à l'abri. Grelottant, j'avais essayé de remonter les manches de ma chemise dont les poignets pendouillaient. Le tissu me collait à la peau. Gagnée par la chair de poule, je tremblais. J'avais fini par enlever cette chemise et la lui avais lancée à la figure. Gio m'avait attrapée et me tenait rivée contre lui pour m'empêcher de ruer quand on avait entendu une voix crier « Il y a quelqu'un ? ». Nous avions à peine eu le temps de nous éloigner l'un de l'autre avant que le livreur de pizzas, qui s'était trompé d'adresse, débarque dans la haie.

Au même moment, le téléphone avait sonné. Pendant que Gio plaisantait avec le jeune type, essayant par tous les moyens de le convaincre de laisser ses pizzas, Micol me communiquait la mort de sa mère. Le dernier train étant déjà parti, elle me demandait d'emmener Gio à la gare le lendemain matin pour qu'il puisse attraper le premier.

« Elle a donc fini par lâcher ses tapisseries », avait été le commentaire de Gio quand je lui avais annoncé le décès de sa grand-mère.

Si je n'avais que trois mots à disposition pour résumer cette dernière nuit avant que Gio s'en aille je choisirais *sombre, frais* et *ardent*. *Sombre* comme ses yeux, *frais* comme sa bouche, *ardent* comme ses mains, comme son corps entier.

J'avais été réveillée par un cri aigu et m'étais redressée, encore à moitié endormie, pour recevoir une énorme baffe. Je m'étais retrouvée face à Micol. Nous nous étions regardées et je l'avais vue se plier en deux comme quelqu'un qui vient de recevoir un coup de couteau au ventre. Gio avait marmonné quelque chose d'incompréhensible avant de se tourner de l'autre côté.

Ne pouvant se calmer, ne pouvant attendre jusqu'au matin, elle s'était mise en route tard dans la nuit, trop tard pour nous aviser qu'elle passerait elle-même chercher Gio aux premières heures du jour et qu'ils rejoindraient ensemble les autres en Toscane.

Je faisais du café pendant qu'elle et son fils s'affrontaient dans la pièce à côté.

– J'exige, tu m'entends, j'exige de savoir !

Si on peut crier à voix basse, alors c'est ce que Micol faisait.

– Tu veux savoir quoi ? Explique-toi, je ne comprends pas, maman.

J'étais étonnée que Gio lui réponde d'une voix aussi calme, assurée, presque désinvolte. Une voix que je ne lui connaissais pas.

– Qu'est-ce qu'il s'est passé ?

– Quand ?

– Ne te fiche pas de moi. Je suis encore de taille à te...

– Quoi ? Tu veux me frapper ? Comme tu as

frappé Emma tout à l'heure ? Tu veux nous battre tous les deux ?

– Qu'est-ce que vous faisiez ?

– Tu as bien vu. On dormait.

– Vous dormiez ? Vous dormiez ? Ensemble ? À moitié nus ?

Micol s'étranglait. J'avais entendu Gio repousser sa chaise pour venir chercher un verre d'eau à la cuisine où je m'étais réfugiée. Il avait rempli le verre sous le robinet. J'avais été surprise de le voir sourire quand il s'était retourné.

– Ça va mieux, maman ?

– Non, ça ne va pas du tout, et ça n'ira pas mieux si tu continues à te moquer de moi. Je suis ta mère, tu es mineur. Je peux t'envoyer dans un collège d'où tu ne ressortiras pas de sitôt. Quant à Emma…

– Demande-moi ce que tu veux savoir et je te le dirai.

Silence. De là où j'étais, je pouvais voir ce qui se passait dans l'autre pièce, mais je n'avais pas le courage d'y revenir. Je regardais Micol assise, ses pommettes accusées, ses clavicules creusées. Elle fixait le néant en ployant son cou, les coudes sur la table, mains croisées et front posé sur ses pouces. Un diamant chevauchait son alliance ; c'étaient ses seuls bijoux. Si sa gifle ne m'avait pas fait très mal, les bagues avaient griffé mes lèvres. Une éraflure, mais ça brûlait.

D'un geste brusque elle avait redressé les épaules et s'était dirigée vers la chaise où elle avait laissé sa veste. Elle avait sorti d'une des poches un paquet de cigarettes. Ses mains tremblaient. Elle avait peur. Peur que Gio ne lui dise quelque chose qu'elle n'était pas prête à admettre, à accepter. Peur de connaître la vérité. Gio s'était précipité pour lui prendre le briquet des mains et allumer la cigarette qu'elle tenait.

Il nous avait fallu moins de dix minutes pour sortir de la maison.

Elle m'avait dit : « Ça ne s'arrête pas là, figure-toi », ce à quoi Gio avait acquiescé en souriant, l'idiot. Puis elle avait ouvert la portière, Gio était monté dans la voiture, j'étais montée dans la mienne et nous nous étions séparés.

Pourquoi Micol ne s'en était-elle pas prise à moi mais à Gio, après nous avoir découverts ensemble dans ce lit ? Elle était, à juste titre, folle de rage, et jalouse de la tendresse de Gio pour moi, car il s'était placé d'instinct entre nous deux. Mais, à part me gifler, que pouvait-elle faire d'autre à ce moment-là ? S'était-elle souvenue, de plus, que l'innocence qu'elle aurait pu revendiquer pour Gio n'avait jamais eu cours entre nous ? Allait-elle plus loin, croyait-elle à une vengeance ? Pensait-elle qu'on peut voler l'amour d'un enfant à sa mère, comme on peut voler l'amour d'un homme à une autre femme ? Il y avait trop de choses qu'elle ne pouvait pas dire devant Gio. C'est pour ça qu'elle n'avait pas explosé.

Tout ce que je peux dire à ma décharge, c'est qu'à un moment donné c'était devenu moins impudique, moins malhonnête de coucher ensemble que de se regarder dans les yeux. Les étapes, irrévocables, s'étaient succédé. C'est ainsi que nous avions glissé à notre place précise, l'émotion paralysante du début cédant à une curiosité sans limites, sans tabous, sans dégoût d'aucune sorte. S'il avait été déconcerté à plusieurs reprises, s'il avait essuyé quelques défaites, Gio avait été bon joueur et s'était chaque fois lancé dans la mêlée avec une flamme renouvelée. Il y a des corps sans tête, des têtes sans cœur, des corps sans cœur, des cœurs sans tête et sans corps. Nous avions tout.

J'ai payé cher le deuil de l'enfance de Gio, mais je serais prête à recommencer.

Une anecdote que je n'ai sue que par la suite surnage comme un bouchon dans ce tourbillon qui a fini par tous nous emporter. Même par mauvaise météo, cette histoire continue de me réjouir.

Dans la *tenuta* en deuil à la mort de la grand-mère de Gio, les enfants en avaient vite eu marre de feindre la tristesse. De toute façon, personne n'aimait la vieille Ada Malespini, et pas plus morte que vivante.

La *signora padrona* couchée dans sa chambre mortuaire, il fallait encore mettre les patins pour ne pas faire de bruit. Azzurra et Allegra, les jumelles, et Gio, s'étaient repliés dans les pièces fermées de la villa, mettant à sac vieilles malles et secrétaires moisis. L'une des immenses penderies en cèdre des combles était remplie de fourrures, dont un vison blanc, un léopard, une zibeline, un phoque et un loup canadien. Gio avait tenu un discours magistral sur l'horreur du dépeçage des bébés phoques vivants à la fin duquel les jumelles, en pleurs, avaient proposé qu'on enterre dignement les dépouilles de la garde-robe sanglante.

La cérémonie avait eu lieu par une nuit de lune noire à la lueur d'une torche et de quelques photophores volés sur la *terrazza.* Malgré les menaces et les punitions, ni Gio ni les jumelles n'avaient jamais révélé l'endroit où « les pauvres bêtes » avaient enfin trouvé le repos éternel.

Assise depuis une dizaine d'heures sur un ballot de foin, le dos en compote et la tête qui me tournait, j'avais faim, soif, envie d'un thé, d'un café, d'un verre d'eau, d'une pomme verte, d'une assiette de soupe, d'un whisky. Le fermier m'avait enfermée dans son étable. Pas moyen d'en sortir, le cadenas se trouvait à l'extérieur et la porte était solide. Je supposais que ce type que je connaissais bien, que je côtoyais depuis dix ans, ne l'avait pas fait exprès. J'espérais qu'il ne l'ait pas fait exprès. Mon téléphone portable était resté dans la voiture. Ça me ressemblait bien, d'avoir mon carnet de notes dans la poche mais pas de téléphone à portée de main. J'attendais que quelque chose survienne.

Les derniers temps, tout s'était accéléré. Lorsque j'avais fait des courses, la boulangère m'avait priée de sortir de sa boutique ; quant au boucher, embarrassé, il m'avait dit que sa femme lui interdisait de me servir. Puis il était allé se cacher dans son frigo, aussi rouge que le morceau de bœuf qu'il venait de découper.

À son retour, Gio n'avait pas changé un mot de ce qu'il avait dit à sa mère : « Ce sont mes affaires, et à votre place j'aurais honte de poser de telles questions. » Il avait répété la même chose au pédopsychiatre convoqué par Micol, lequel avait remballé son air de circonstance et s'était esquivé dare-dare.

Micol n'avait pas rendu les armes pour autant. Gio ne répondait pas quand elle lui demandait ce qui s'était passé entre nous, se contentant de secouer la tête et de se taire – de me protéger, selon elle. Il niait toujours, mais d'une telle manière que Micol ne le croyait pas. Enfin, au cours d'une scène mémorable, Gio avait explosé et hurlé qu'il avait couché avec moi tout l'été, que c'était même l'une des meilleures choses qu'il ait jamais vécues, et que ça, au moins, on ne pourrait plus le lui reprendre. Micol, folle de rage, s'était mise à crier qu'elle le savait depuis le début ; Raphaël s'était interposé pendant que Gio essayait de faire marche arrière, mais personne ne l'écoutait plus. Micol était déjà sur le pas de la porte avec les jumelles qui pleuraient. De là, elle avait dicté ses conditions : si la plainte n'était pas déposée au plus vite, inutile de lui demander de revenir. Qu'ils se débrouillent tous les deux, c'était son dernier mot.

Je sais tout cela parce que Raphaël m'avait appelée. Il avait l'air d'en avoir marre, s'exprimait par des mots hésitants : « À la place de Gio... enfin... voilà... est-ce que c'est vrai... Et puis non, fais comme si tu n'avais pas entendu. »

Il ne pouvait pas s'opposer à la volonté de Micol, m'avait-il expliqué, c'était ça ou le divorce, la fin de leur couple et de leur famille, Azzurra et Allegra perdues pour lui, la guerre, enfin. Il m'avait fait comprendre qu'il n'était pas en position de négocier, que cette dérobade ne serait pas le seul reproche que Micol pourrait lui faire.

J'avais cru qu'il allait se mettre à pleurer, mais il avait raccroché.

Je déteste les hommes qui pleurent. Ce n'est pas qu'ils en sortent diminués à mes yeux, c'est juste qu'ils pleurent généralement pour de mauvaises raisons. Sur eux-mêmes, le plus souvent.

Il y a des voix qui sont comme des corps. Troublantes, affolantes, ou au contraire apaisantes, consolatrices. Celle de maman, basse et sombre, avec ses *r* roulés un peu italiens. Celle de papa, émouvante, rude, timide, hésitante par moments, s'arrêtant sur un mot dont il n'était pas sûr.

Quant à celle de Raphaël, il me suffisait de fermer les yeux pour l'entendre. Certaines inflexions aussi chaudes que des caresses. Certaines paroles dont je ne pouvais me souvenir qu'en frissonnant. On ne peut pas se boucher les oreilles quand les voix viennent de l'intérieur.

Dans l'étable où j'étais enfermée, je ruminais au milieu des vaches qui m'observaient sans ciller. J'aurais voulu avoir le temps. Tout était allé beaucoup trop vite. Il y avait tant de choses que je n'avais pas dites à Gio.

À Annie et à d'Aurevilly qui m'avaient appelée pour savoir si j'allais bien « malgré tout », j'avais répondu que je n'allais pas si mal. Pour quelqu'un debout au bord d'un précipice, pieds et mains liés, et qu'on poussait lentement dedans. Tous les deux m'avaient proposé d'aller les voir quelques jours, pour me reposer et réfléchir. Mais me reposer de quoi ? Et réfléchir à quoi ? Je n'allais pas proposer le mariage à Gio pour blanchir l'honneur de la famille, et je n'étais pas non plus un professeur gâteux abusé par les charmes d'une lolita. D'ailleurs, si cela avait été le cas, je crois que j'aurais été moins lourdement condamnée.

Le soir allait tomber. L'une des vaches me regardait avec de grands yeux calmes ; un filet de bave coulait de son museau. Elle sentait bon l'herbe et le lait ; l'étable était un havre de paix. Dehors j'entendais la bise de novembre qui soufflait. Ça ne troublait pas le calme du lieu.

Puis la vache s'était arrêtée de ruminer. Elle avait dressé l'oreille au bruit d'un moteur, d'un coup de frein sur le gravier. Le claquement d'une portière, une voix d'homme suivie d'un rire de femme excitée avaient brisé ma trêve momentanée.

Je ne sais toujours pas comment s'éventent ces choses-là. Je ne sais pas qui, le premier, avait reniflé le fumet d'une bonne histoire et décidé de le suivre. Je n'avais reçu l'avis de ma mise en examen que depuis quelques jours quand tout a démarré.

D'abord, il y avait eu un entrefilet sarcastique dans un quotidien ; je suppose que ce jour-là il ne devait pas y avoir grand-chose à se mettre sous la dent. Le chroniqueur avait cru malin d'intituler son article « Louve story ».

Puis un journaliste était venu chez moi. Quand je l'avais jeté dehors, il était allé fouiner au bourg. Ensuite, en sortant un matin, j'avais trouvé un photographe qui m'attendait. Ça s'était terminé avec l'appareil en morceaux, mais il y avait tout de même eu un cliché de moi dans la gazette locale.

Une sinistre photo d'identité. Je n'ai jamais su ni où ni comment ils avaient pu se la procurer.

À partir de là, ça avait dégénéré. Il ne se passait plus un jour sans que des articles ne ressurgissent dans la presse comme des bubons de peste. J'avais reçu plusieurs coups de fil de l'assistante d'un présentateur télé qui voulait me faire parler de « ça », en ombre chinoise, et, plus discret mais tout aussi déterminé, l'appel d'un éditeur pour discuter d'un contrat en vue de la publication de mon témoignage, pour y exposer ma « version des faits ». Ensuite j'avais dû changer mon numéro de téléphone, car des voix désincarnées me faisaient, la nuit, des propositions obscènes. Changer de numéro n'avait pas suffi. Lorsque des femmes m'avaient harcelée à leur tour, déplorant le fait que je n'aie pas d'enfants car il n'y avait que des chiennes comme moi pour ne pas savoir ce que c'était de « voir violer son gamin », j'avais jeté l'éponge, vérifiant juste les messages sur mon portable.

Jusque-là, cependant, ma vie n'avait pas encore vraiment changé. J'étais comme un homme qui vient de se faire tirer dessus, qui ne ressent encore rien et qui continue à marcher.

Le soir en rentrant je nourrissais le chat de Gio, qui avait élu mon lit pour y passer ses nuits et qui berçait mes insomnies d'un ronronnement presque continu. Comme il braconnait dans les allées de romarin derrière la maison, Nil sentait toujours très bon. Je le gratouillais entre les yeux, là où il avait sa double ride tabi qui lui donnait l'air d'un penseur, et derrière ses oreilles mâchonnées. Pourtant ça allait contre tous mes principes, l'adoption de ce chat : les animaux perdent au change en nous faisant confiance. C'est égoïste d'accepter qu'une bête abdique son indépendance contre une gamelle de mauvaise nourriture – et ce n'est pas en tant que vétérinaire que je dis cela. Je n'ai rien contre les croquettes en particulier, c'est juste qu'à force d'avaler n'importe quoi la terre elle-même ne veut plus de nous. Les cimetières regorgent de cadavres pétrifiés que le temps n'arrive pas à consumer. Pollution, pesticides, conservateurs, tout concourt à faire de nos corps, et des corps des animaux qui vivent à nos côtés, une chair commune ; une chair dénaturée. À ma mort, je veux être brûlée ou ensevelie dans une caisse en pin, la plus rustique, la plus rudimentaire qu'on trouvera sur le marché. La caisse qui pourrit le plus vite. Ce sera parfait.

Malgré tout je me tenais droite. Je me disais que ce mauvais moment finirait par passer, que je verrais Micol et la persuaderais de laisser tomber, qu'on n'irait pas jusqu'au procès. Cinq ans de prison ? Et pourquoi ? Quant aux soixante-quinze mille euros d'amende que je risquais, je ne les avais pas. On pourrait certes confisquer ma maison, faisant moitié-moitié avec la banque, mais c'est tout ce qu'on pouvait me prendre. Je n'avais rien d'autre, et curieusement, ça me consolait.

Lorsque quelqu'un avait ouvert la porte de l'étable j'étais debout, le cœur battant. Il y avait eu un moment dans l'après-midi où j'avais paniqué. J'avais compris que tout cela était voulu et calculé. Je m'étais préparée à un affrontement, à un déferlement de violence peut-être, à la colère ou à la brutalité. Une bouffée d'air froid était entrée, soulevant des moulinets de poussière et faisant mugir les vaches. Je m'étais recoiffée avec mes doigts et avais serré mon élastique autour de ma queue-de-cheval avant de sortir, un geste risible, je sais, mais c'est tout ce que je pouvais faire pour me donner une contenance, pour forcer mes jambes à avancer. Dehors, la nuit était tombée. Les narines me picotaient. Fumée, feuilles en décomposition, terre mouillée, fumier. J'avais cligné les yeux. Il faisait frais et doux, une petite bruine entourait les arbres et les buissons. Des chiens aboyaient plus loin. Une lumière crue, venant d'un fanal au-dessus de la porte de l'étable, violait cette atmosphère feutrée. Les gens silencieux, immobiles sur deux files, face à face, illuminés par cet éclairage, étaient comme sculptés. On aurait dit qu'ils attendaient le baldaquin de la Vierge un jour de procession.

À ma vue une femme s'était raclé la gorge et avait craché par terre, à mes pieds. Derrière moi, un fermier que je connaissais bien tenait le portillon. Ça m'avait redonné un peu de courage car je ne pouvais croire que cet homme me ferait du mal. L'année précédente je les avais aidés, sa femme et lui, à mettre au monde une centaine d'agneaux dans une chaîne infernale de tripailles, d'excréments et d'épuisement. Lorsque nous en avions terminé, les cheveux collés par une boue de sang, la peau zébrée de crasse, les ongles noircis et fendus, nous avions trinqué aux nouvelles vies, à notre travail ensemble, à notre santé. Depuis dix ans, jamais je n'avais ménagé ma peine. On se connaissait bien, on s'estimait. J'avais soigné ses bêtes, mangé dans sa cuisine, plaisanté avec sa femme – et ses enfants. J'ai croisé ses yeux. Il les a baissés. Ces dures années allaient donc être balayées par… par quoi, en réalité ? Passant ma main sur mon visage, j'avais regardé un par un ces gens muets, en vêtements de travail, aux visages fermés. C'était étrange de les voir tous là. La boulangère aux yeux exorbités à force de me fixer, la bouche ouverte, haletante, comme assoiffée. Le boucher dans l'ombre de sa femme. Le type chez lequel j'avais soigné la génisse, Bijou, près de son épouse. Aucun d'entre eux n'avait soutenu mon regard. Ils avaient tous baissé les yeux.

Ces gens qui ne pensaient d'habitude qu'à leur tâche et à leurs revenus avaient trouvé le temps de se réunir et de me juger. Le tabou que j'avais enfreint suffisait-il ? Ou avait-il été juste l'étincelle qui avait allumé la mèche ? Je me demandais si, finalement, ce n'était pas simplement la vie que j'avais menée qui nous avait tous rassemblés là, à la sortie de l'étable, ce soir d'automne. Peut-être avais-je toujours été suspecte d'être une femme seule, sans mari, sans même le plus vague fiancé. Je me devais d'être accompagnée d'un homme, d'avoir des enfants – ou de me plaindre de ne pas en avoir. Je n'avais pas joué le jeu, n'avais respecté aucune règle. Je n'avais même pas fait semblant, et peut-être était-ce ça le plus grave, ce qu'on ne pouvait pas me pardonner.

J'avais peur en avançant vers ma voiture, mais après que la fermière avait craché, il ne s'était plus rien passé. Par leur immobilité, leur haine muette et leur hostilité, tous me signifiaient que je n'avais qu'à m'en aller.

Je croyais que le déshonneur, l'outrage suffiraient.

Dans la maison tout était dévasté, les meubles brisés, le canapé et les matelas éventrés, mes livres ouverts et déchirés, les prises de courant arrachées, les ampoules éclatées. J'avais fait le tour des pièces, puis mes jambes avaient cédé sous moi et je m'étais accroupie dans l'escalier, dos au mur, tête dans les mains, dans un état de stupeur mêlée de rage et de pitié.

Cloué sur la porte de la cuisine, le chat de Gio me regardait de ses yeux morts.

Le lendemain matin j'avais fermé La Louvière et, une valise jetée dans la voiture, sans un regard en arrière, j'avais décampé.

Le soir même j'étais à Pontarlier. Le Patron m'attendait. Les cheveux toujours aussi épais mais plus blancs. La moustache toujours aussi conquérante. Je crois qu'il a dû me trouver aussi peu taillée pour ce métier que lorsqu'il m'avait vue descendre du train la première fois. J'ai posé mon sac pour lui serrer la main, comme je l'avais fait alors, mais il s'est approché et m'a donné l'accolade, une longue embrassade pendant laquelle j'ai pu profiter de ses mains larges et sèches sur mon dos, de son torse maigre mais dur comme une planche, de son cou flétri et odorant d'herbe, de résine, de bois mouillé. Il sentait bon. Pas le parfum, juste une bonne odeur de type qui travaille en plein air. En bien meilleure santé d'ailleurs que lorsque je l'avais quitté. Même ses vêtements n'avaient plus l'air tout droit sortis d'une écurie. Chemise en toile à carreaux bien repassée, grosses chaussures de marche. C'est étonnant, cette manière qu'a la vieillesse de vous prendre pour vous relâcher parfois. Même son visage avait l'air plus lisse qu'autrefois.

Il a chargé mon sac sur son épaule et, au lieu d'échanger avec lui les politesses d'usage, je lui ai demandé s'il était de la famille de l'écrivain. Il a haussé les sourcils mais ne m'a pas répondu.

Nous avons laissé là ma voiture et pris la sienne, un 4 × 4 d'un modèle récent, et nous avons grimpé vers le village où il habite, aux confins avec la Suisse. Autour de nous, ce monde sévère était plus beau que dans mes souvenirs, grands pins droits aux troncs mangés par les lichens, belles montagnes aux courbes moussues, aux pierres nues d'où une biche nous regardait parfois passer.

D'Aurevilly tenait le volant et la conversation, charmant comme il ne l'avait jamais été, me racontant qu'il continuait à donner un coup de main par-ci par-là, que son nouvel engin – est-ce que j'avais remarqué comme le moteur tournait, même quand la pente était très raide ? – pouvait parvenir jusqu'aux fermes les plus reculées, même en hiver. Dans le coin, on ne manquait pas de boulot, proclamait-il en m'épiant, la moustache frémissante. Moi, je ne disais rien. J'ai commencé à me détendre dans la chaleur de l'habitacle, de son discours volubile, de son affection. Mon d'Aurevilly, je le savais, était un homme comme on n'en fait plus, galant sous le poil rêche, subtil, jouant bien son rôle. Je le redécouvrais. J'étais sidérée de le voir si rajeuni. C'était comme si on l'avait frotté au sable ; sa peau toute neuve lui allait comme un gant. Dans la vallée la première neige avait fondu, mais plus nous montions plus elle s'amoncelait, d'abord en longues congères tassées au bord de la route, puis en fines couches gagnant la chaussée. À la fin nous roulions sur une croûte croquante comme du sucre. La nuit était sans lune ; ce monde coupé au cordeau se divisait dans les cônes des phares devant nous pour se recomposer après notre passage dans un noir et blanc d'une grande pureté. Nous sommes arrivés au petit village endormi où la grande maison illuminée en pierre et bois se détachait sur un bosquet d'épicéas.

Entre le garage et la porte d'entrée, nos chaussures ont vite été couvertes de neige. Nous avons sautillé un moment sur place, les tapant l'une contre l'autre pour nous en débarrasser. D'Aurevilly n'a pas eu le temps d'enfiler sa clé dans la serrure que la porte s'est ouverte. La femme qui se tenait sur le seuil nous a souri en disant : « Je vous attendais. »

À l'intérieur brûlait un feu de bois. Devant la cheminée, dans un profond canapé et sur deux fauteuils en cuir dormaient deux chiens et un gros chat. J'avais partagé avec lui le refus d'avoir des animaux chez soi. Visiblement, il avait fini par céder, lui aussi.

Une petite table était dressée avec une salade de pommes de terre, des charcuteries, des fromages, du pain tranché dans un torchon blanc, une bouteille de vin rouge et des verres étincelants. D'Aurevilly a embrassé la femme sur la bouche, un baiser court et gourmand auquel elle a répondu avec grâce. Ensuite elle m'a tendu la main et saluée en souriant à nouveau. Elle avait un visage doux, avec de hautes pommettes qui masquaient admirablement son âge, sans doute proche de celui de mon ami, des yeux bleus, de courts cheveux blancs bouclés. C'était une belle femme, plus grande que moi, droite et majestueuse, une femme dont le sourire adoucissait la gravité. En me regardant dans les yeux, elle m'a avoué avoir tant entendu parler de moi qu'elle avait l'impression de me connaître désormais. Elle avait même été un peu jalouse, a-t-elle ajouté en sortant de la pièce. Deux femmes qui rivalisaient pour le vieux d'Aurevilly ! Nous nous sommes retrouvés en tête à tête, moi un peu embarrassée, le Patron, que la femme appelait « mon Tom », ivre d'allégresse. Il m'a fait un clin d'œil en murmurant, pour qu'elle n'entende pas : « Elle s'appelle Hélène. Elle est belle, non ? Elle m'a tapé dans l'œil à la maternelle, ça fait plus de cinquante ans que je la convoite mais elle s'est mariée tôt, et pas avec moi. Une perte de temps... Puis l'année dernière son mari est parti avec une jeunesse. L'idiot ! Elle soupirait que sa vie était terminée... et la mienne, donc, si elle n'avait pas voulu de moi ! Je l'ai courtisée comme un damné. Quel travail, faire entendre raison à une femme... Ah, les filles ! On vous sauve la vie, et il faut encore vous dire merci... ! » Ses yeux, remplis de tendresse, pétillaient d'humour.

Hélène est revenue dans la pièce et nous avons dîné, attisé les braises, câliné les animaux, ri à quelques blagues affectueuses, regardé le feu, médité. La première d'une série de soirées chaleureuses et claires.

J'ai dormi au creux d'un édredon moelleux, pris de fastueux petits-déjeuners, marché dans la forêt, discuté longuement de mon cas avec ces deux êtres qui étaient bien trop sages, bien trop clairvoyants pour se permettre de me juger. Le Patron appelait Gio « le daguet ». Ça m'avait fait rire, et Hélène nous avait regardés un peu perdue, avouant son ignorance. « Un daguet, lui avait alors expliqué d'Aurevilly, est un jeune cerf qui fait étalage de ses premiers bois. »

Tous les deux, après m'avoir longuement écoutée, m'ont soutenue dans mon dessein de prendre rendez-vous avec Micol pour la convaincre de retirer la plainte.

Ces jours-là ont filé comme filent les jours heureux. Hélène et Thomas m'ont gâtée, me traitant comme la fille qu'ils n'avaient pas. Mon cœur s'est raffermi au contact des leurs, mon tourment s'est calmé. Jusqu'à la dernière nuit.

Tétanisée dans mon lit, je fixais le rectangle obscur de la fenêtre sans oser bouger. Un hibou criait, et de temps à autre j'entendais au loin un autre hululement, un hurlement de détresse absolue. Cette plainte portait en elle toute la douleur d'une séparation, la cruauté sans raison et sans retour de la mort. Le sommeil n'est jamais arrivé. Fiévreuse, j'ai attendu le matin entre deux crises de larmes. Le jour venu, j'avais un visage ravagé, mais mes amis, respectueux avant tout, n'ont pas cherché à en savoir plus. D'Aurevilly, au moment de me quitter, m'a gardée bien serrée contre lui, puis a glissé un carnet neuf en cuir noir dans ma poche – Noël approchait – et murmuré à l'oreille :

– Souviens-toi, fillette. C'est le conseil d'un vieux fou, il vaut ce qu'il vaut, mais voilà : On ne peut pas tout comprendre ni tout maîtriser.

La fin de la nuit allonge ses coups de pinceau sur les murs de la chambre. Je savoure ce qui reste de l'obscurité et de sa paix, même si je sais qu'il va bientôt être l'heure de bouger.

Je caresse des notes tracées par maman d'une main légère, car la partition est imprimée sur un vieux papier qui commence à se désagréger. Maman appelait ça la « musique qui dort ». Elle aimait lire la musique. Elle disait que le temps n'exerce pas sa tyrannie quand l'esprit choisit son rythme et donne sa propre mesure. Elle disait que c'était ça, la liberté.

Le premier piano de maman était un Gaveau quart de queue. Ses parents avaient dû vendre l'un des derniers tableaux de famille pour le lui acheter, mais il n'était pas question de laisser leur brillante gamine taper sur un tonneau. Ils avaient fondé leurs espoirs sur cette enfant qui croissait droite et silencieuse, têtue et surdouée. C'est pourquoi quand elle était tombée amoureuse de papa, puis l'avait épousé, mes grands-parents avaient disparu de la circulation, donnant à cette fille ingrate la part d'héritage qui lui revenait mais lui fermant définitivement leurs cœurs déçus.

« Dans cette branche – avait l'habitude de dire maman – soit on est le bon Dieu, soit on n'est personne. Ça ne sert à rien d'être un grand prix ou de sortir du Conservatoire avec les plus hautes mentions. On se doit d'être très bon, on n'a pas le choix. Et ensuite ça se complique encore plus, car c'est comme si tous les premiers de la classe se retrouvaient dans le même enclos, là où l'exception est la règle. À partir de ce moment, ce n'est que l'excellence qui compte. Et un peu de chance, aussi. »

Moi, je n'ai jamais eu la patience de garder mes doigts sur un clavier plus de dix minutes d'affilée. Même toute petite, dans ses bras, je me révoltais. En revanche, je pouvais l'écouter des soirs entiers. Scarlatti et Vivaldi, Haendel et Rameau et Debussy. Pourtant, le tout dernier morceau que je l'ai entendue jouer était d'un tout autre genre. *Licht*, lumière, de Stockhausen. Ce sont quelques pages de cette partition que j'ai entre les mains. C'était pour maman l'œuvre finale, une métaphore du cosmos, quelque chose qu'elle avait essayé de m'expliquer, en vain. Je n'ai pu l'écouter que des années plus tard, cette œuvre « bâtie selon les proportions d'une série de douze sons dont les notes sont comme des *graines d'univers*, ma chérie. Heureusement, continuait-elle, ce type a choisi d'être musicien et non écrivain, autrement sa pensée me serait restée fermée à jamais ». Maman ne lisait pas. Quand je protestais, elle me faisait taire en disant « On n'a le temps que d'une seule passion, Emma. Tu verras ».

Cette partition était sur son pupitre lorsque, dans l'éclair de lucidité que la maladie lui avait accordé, une sorte de pause pendant laquelle ses yeux étaient redevenus les mêmes, flamboyants de colère et de défi, elle avait murmuré : Je n'en peux plus. Aide-moi, ma chérie.

Ce dernier soir, je lui avais donné ses médicaments en lui disant « Dors bien, maman. À demain ». À l'aube je m'étais levée pour aller ouvrir la fenêtre. Il y avait déjà un long moment qu'elle avait cessé de respirer. Je m'étais allongée près d'elle, le nez sur son cou, et je l'avais respirée, sachant que jamais plus je ne retrouverais son odeur et que ça me manquerait jusqu'à la fin de ma vie.

Je n'ai pas de souvenirs nets des jours suivants, pas de notes dans mes carnets non plus. Je me rappelle juste de l'haleine fétide de mon père qui ne mangeait plus, ne buvait plus. Son regard qui me transperçait. Les questions qu'il gardait pour lui. Le pire dans la douleur de quelqu'un qu'on aime, c'est de ne pas pouvoir la prendre sur soi. Le pire, c'est l'impossibilité d'aider.

Maman partie, papa ne s'est pas éternisé. Il est devenu vieux tout d'un coup. Quand il bougeait, ses articulations faisaient un bruit de branches qui s'entrechoquent. On dit qu'on ne meurt pas d'avoir le cœur brisé. Peut-être est-ce vrai. Mais je crois qu'on meurt de ne plus avoir envie de vivre. On meurt de laisser tomber.

C'était fini. J'ai liquidé la maison, vendu les meubles, dispersé les vêtements, donné le piano de maman, et je suis partie.

C'est un soir quelconque entre Noël et le jour de l'an, un soir parmi les plus sombres, les plus étincelants de l'année. Je l'attends dans ce café parisien où nous avons pris un nombre incalculable de petits-déjeuners, fumé jusqu'à faire déborder les cendriers, pleuré et ri et même une fois, il y a longtemps, trinqué à une nouvelle année. C'est l'un de ces endroits dans lesquels tout le monde se rencontre, où ceux qu'on connaît ne reconnaissent personne et où ceux qui vous connaissent font parfois semblant de ne pas vous remarquer.

Micol est en retard. En cela aussi je la retrouve, égale à elle-même, décalée comme tant d'autres fois. Avec elle, on ne sait jamais si les rendez-vous ont été bien pris et bien donnés ou mal compris. Avec elle, tout a toujours été vaguement compliqué, comme si chacun de ses actes était auréolé par quelque chose d'irrésolu. Elle se donne le droit de changer d'avis à tout moment sans avoir à s'expliquer.

Je bois mon premier verre, j'attaque le deuxième. Le décor autour de moi flotte déjà quand Micol arrive. Presque une heure de retard, sans s'excuser, essoufflée. Rang de perles serré, twin-set, pantalons en velours noir. Une femme sortie du *La Notte* ou de *L'Avventura.*

J'ouvre la bouche pour parler, mais elle me coupe déjà :

– Tu voulais me voir, je suis venue, mais ce n'est même pas la peine de te disculper ou de t'expliquer. Tu me dégoûtes, Emma. Je sais ce qui s'est passé entre Gio et toi. Je sais tout.

– Tout quoi ?

– Arrête. N'essaie même pas.

Je me tais.

– Je n'aurais jamais imaginé ça. De toi, en plus !

Je continue de me taire. Elle reprend :

– Alors, maintenant, vas-y. Si tu as quelque chose à dire, dis-le. Mais ne mens pas, s'il te plaît.

Tout d'un coup, et c'est la dernière chose que je voulais, les mots jaillissent de ma bouche sans que je puisse les arrêter :

– C'est toi qui parles de vérité… !

Elle ne s'y attendait pas. Je continue :

– Alors d'accord, avouons-nous tout, tu veux ? Nous n'avons jamais vraiment reparlé du passé, toutes les deux !

Ses yeux ! Si elle le pouvait, elle me réduirait en un tas de cendres qu'elle disperserait avec joie.

– Qu'est-ce que tu racontes ?

Ce sont ma rage, ma frustration, la souffrance qui m'ont empoisonnée toutes ces années qui débordent. Je ne me contiens plus.

– Mais qu'est-ce que tu croyais ? Que je me contenterais des miettes qui tombaient de ton assiette ? Tu pensais que c'était bien assez, pour moi ? Tu croyais que ça me suffirait ?

– Tu perds le sens commun, Emma. Et tu postillonnes, c'est affreux.

– Si tu savais comme je m'en fous de te cracher dessus. J'ai supporté pire que ça, moi. Mais bien sûr, tant que ça ne te touche pas… hein ?

– Tu ne peux t'en prendre qu'à toi-même. La seule responsable de ce qui va t'arriver, c'est toi.

– Je ne te parle pas de Gio, là.

– Et de quoi, sinon ?

– D'avant. Tu sais bien.

– Tu délires, ma pauvre Emma.

– Pauvre Emma, oui. Pauvre idiote qui avant ton arrivée croyait qu'elle avait une vie à elle et un homme qui l'aimait.

– C'est tellement vieux tout ça ! Tu me fatigues, tu sais ? Si tu crois que c'est comme ça que tu vas t'en tirer... J'en ai marre, là. Je m'en vais.

Elle se lève, ressemblant ses affaires autour d'elle. Je me dresse et je contourne la table, la forçant à se rasseoir avec brutalité. Une lueur de peur passe sur son visage, crispant ses traits. Le garçon qui traverse la pièce s'arrête un instant, inquiet, puis continue. Je me rassois et je reprends, un ton plus bas :

– Tu sais, je crois que tu vas m'écouter.

Elle siffle :

– Très bien, d'accord, puisque tu y tiens. Combien de temps ça a duré encore, Raphaël et toi, après notre mariage, et même après la naissance de Gio ? Même après la naissance des jumelles, d'ailleurs... Jusqu'au moment où tu es partie, non ? Ça ne t'avait pas suffi, peut-être, le bordel que t'avais foutu, il a fallu que tu remettes ça avec le petit ! Félicitations, si tu voulais la merde, c'est réussi.

Elle renifle et déploie l'une des serviettes en papier. Elle se mouche. Raphaël a toujours des mouchoirs sur lui. Pas elle. Elle continue :

– Tu penses vraiment que je ne l'ai jamais su, que je ne m'en suis jamais aperçue, à l'époque ? Je pensais que ça se terminerait tout seul, que ça allait devenir trop compliqué. Et j'ai eu raison, d'ailleurs. Ça va ? Ça te suffit ? Est-ce que je peux m'en aller, maintenant ?

Je murmure, si bas que Micol doit se pencher vers moi :

– Pas encore. On n'a pas fini.

Elle souffle :

– Tu es pathétique, Emma, on te l'a déjà dit ?

– Tu te souviens... ? Je sais que tu t'en souviens, de ce soir-là.

– Quel soir ?

– Le soir où tu m'as annoncé que tu attendais un enfant.

– Eh bien ?

– Gio est né fin juin.

– Oui, et alors ?

– Dix mois après !

– Oh, ça ? Bien sûr. Tu sais compter, quand même, non ?

– Tu n'as pas joué franc jeu avec moi, Micol. Et avec Raphaël non plus. Tu nous as menti à tous les deux. Tu nous as dit que tu étais enceinte, et ce n'était pas vrai. Qu'est-ce que tu lui as raconté, à lui ? Les hommes sont bêtes, n'est-ce pas, ils ne veulent pas trop savoir comment ça se passe, ces choses-là. Tu as eu de la chance, tu ne crois pas ?

– Ce que je crois, c'est qu'il est un peu tard pour tout ça maintenant, Emma. C'est vraiment fini, terminé.

– Mais tout était encore possible à ce moment-là.

– Arrête, Emma. C'est passé. Tu comprends ? Pa-ssé.

– Tu ne fais que répéter ça, comme si le temps justifiait quoi que ce soit. Pourquoi ?

– Parce que, d'une manière ou d'une autre…

– D'une manière ou d'une autre, tu as gagné ? Et j'ai perdu ? C'est ça ?

Cette fois-ci, quand elle se lève, se rhabillant avec un demi-sourire, sans plus me répondre, sans plus me jeter ne serait-ce qu'un regard, avec l'infini sens de supériorité qui la fait se tenir droite comme si depuis toujours elle marchait avec des livres en équilibre sur la tête, je ne la retiens pas. Le garçon, un peu préoccupé, me demande « ça va ? » et j'acquiesce, la vue brouillée. Le vieil argent des miroirs réfléchit la lumière des lampadaires ; c'est l'une des dernières nuits de l'année.

Raphaël, lui, a attendu tout l'hiver avant de m'appeler ; nous nous sommes donné rendez-vous dans l'un des deux petits bistrots du Luxembourg, le plus proche de la rue de Médicis. C'est moi qui étais en retard, ce jour-là.

J'avais couru. Pour reprendre mon souffle je m'étais arrêtée devant la fontaine d'Acis et Galatée. Cette jeune fille bercée par son amoureux m'avait toujours paru receler dans son abandon une force plus grande que celle de l'homme qui la soutient. Sa main derrière la belle nuque virile joue vaguement avec une boucle de cheveux. C'est, dans sa posture voluptueuse, l'unique détail qui donne à penser que c'est elle qui mène le jeu. J'avais évité de regarder Polyphème et j'avais avancé, lentement, jusqu'au café où Raphaël m'attendait.

Assis en plein air, il tournait un sucre dans sa tasse. Tout autour de cette poignée de tables en fer rouillées, biscornues, les branches des marronniers s'enflaient de nouveaux bourgeons. Les crocus couvraient par centaines les parterres. Depuis que j'habitais à nouveau Paris, en attente du procès, il y avait des moments où vivre au contact de la nature me manquait à un point tel que j'en aurais hurlé.

Je m'étais appuyée contre un tronc chamarré dont je voyais les taches en gros plan. Dans le parc presque désert à cette heure du matin, Raphaël occupait la seule table du café. Un peu courbé sur sa chaise, les jambes allongées devant lui, son long manteau noir ouvert, il était habillé d'un complet sombre et d'une chemise blanche sans cravate. L'échancrure laissait voir son cou et la peau juste en dessous.

Il avait levé la tête comme s'il m'avait devinée, sans me voir pourtant. Autour de ses yeux et de sa bouche un réseau de rides se dessinait, mais même ces sillons profondément marqués lui allaient bien. Le visage penché, l'expression absente, il était absorbé dans ses pensées. De temps à autre il remettait en place ses lunettes de soleil sur ses boucles encore noires. Seules ses tempes s'étaient argentées. Ses doigts jouaient avec le papier du sucre. Il avait regardé sa montre, serré son manteau autour de lui et frissonné, puis s'était mieux installé sur la chaise et avait commandé un autre café. Ses yeux vagabondaient. Je me disais que d'un moment à l'autre il me verrait et je serais alors obligée d'aller vers lui, de prononcer quelques pauvres mots sans balbutier, de faire comme si j'étais contente de le revoir, comme si nous étions des vieux amis un peu troublés.

Mais qu'allais-je faire alors de cette envie de le prendre par la main et de plonger dans l'obscurité et le silence de la première chambre d'hôtel venue ? Qu'allais-je faire de toutes ces heures pendant lesquelles certains souvenirs de lui, de notre histoire, m'avaient suffoquée, de la rage noire d'avoir été abandonnée ? De toutes ces années solitaires qui en avaient découlé, d'une vie entière à rentrer la tête dans les épaules et laisser le vent tourner ?

Une jeune joggeuse était passée dans une foulée, tresse au vent et longues jambes nues. Après l'avoir suivie des yeux il avait encore regardé sa montre, repoussant l'ourlet de sa veste et sa chemise un peu lâche au poignet. Jamais il n'aurait imaginé que je ne viendrais pas. J'avais reculé dans l'ombre et je m'étais échappée.

Il y a des instants qui décident d'une existence, des chambres dont on ferme la porte le matin et dans lesquelles on ne reviendra plus jamais, des miroirs dans lesquels on laisse un fragment de soi.

Il y a eu des nuits où j'ai pleuré jusqu'à ne plus avoir d'yeux, d'autres où le plaisir s'est épuré par son excès, d'autres encore pendant lesquelles, simplement, je n'ai pas dormi, comme au cours de celle qui vient de s'écouler. Les yeux grands ouverts, je restais dans le noir à essayer de comprendre. Je sentais le poids de Gio bébé, perché sur ma hanche. Je songeais à mes deux amis, Annie, d'Aurevilly, ces êtres bancals, inopinés, surpris par la vie et pourtant si conséquents avec eux-mêmes, une sœur et un oncle de consolation, ma famille d'accueil.

Je voyais maman penchée sur son piano, maman

qui me manque chaque jour davantage, et ça n'est pas près de s'arrêter. Je pensais que je n'avais jamais aimé qu'un seul homme et que je n'en avais pas voulu quand il aurait pu être à moi ; à la jalousie qui me transperçait quand Micol allaitait Gio. Je ne sais toujours pas si on s'est haïes ou aimées, elle et moi – ou si les deux sont vrais.

J'ai été jugée dans une chambre correctionnelle qui ressemblait à une salle à manger chez des grands-parents à la campagne ou à un chœur dans une église désaffectée. En médaillon au milieu du mur du fond, l'image d'une femme aux cheveux bruns moussus, pieds nus, une épée au travers d'un livre, veillait plus sur les rosaces du plafond que sur la scène qui se jouait. Deux grands luminaires au globe laiteux dispensaient une lueur pâle qui nous faisait tous ressembler à des acteurs de théâtre pas très aguerris, hésitants, cahoteux. On a appelé mon nom, je suis allée à la barre. Je me souviens du début, vous êtes bien Emmanuelle Adriansen ? Oui, mais on m'appelle Emma, Monsieur le Juge. On vous reproche, Madame…

Le reste, je ne sais plus très bien. Je fixais la grande horloge avec le mot *Lex* inscrit dessus. Je me souviens de la sérénité avec laquelle j'ai écouté la sentence qui me condamnait à trois ans de prison, peine assortie d'un sursis avec mise à l'épreuve. Je repensais à cet été-là, au bain de pétales de rose que Gio m'avait préparé et dans lequel il avait aussi plongé. Aux papillons blancs des mouchoirs froissés tout autour du lit. À la moustiquaire qu'il avait remplie de lucioles, une nuit.

La nuit blanche que je viens de passer ne me pèse pas, reprendre le fil de mes journées est le meilleur antidote aux poisons du passé. À l'aube, mon peignoir à peine enfilé, le téléphone a sonné.

La jument des Grandin, mes voisins, une solide percheronne blonde comme l'avoine, allait mettre bas. L'éleveur s'excusait de m'appeler un samedi matin, si tôt. Il hésitait au téléphone. J'ai attendu. Il s'est raclé la gorge et m'a dit qu'il craignait des complications. Un long discours pour lui.

Je connais bien Grandin, sa femme et ses deux grands enfants. Les garçons sont pareils, grands yeux d'un bleu presque noir, peau tannée, traits brutalement sculptés, robuste brosse châtaine trop courte sur la nuque et autour des oreilles. Ces deux-là ne tendent jamais leur visage vers moi pour que je les embrasse. Tant mieux, car j'ai toujours trouvé laides ces accolades de commande. Les grandes personnes sentent la cigarette ou l'alcool, le café suri et des trop longues journées. Imposer ça me déplaît. J'apprécie donc d'autant plus leur franche poignée.

Leur mère est douce, ronde, avec des tabliers qui la font ressembler à une paysanne de l'Amérique profonde. Toute la famille d'ailleurs a l'air sortie du reportage réalisé le jour où le cercueil de Bobby Kennedy avait traversé cinq États dans un train allant de New York à Washington. Ce convoi avait pris tout son temps pour faire le voyage, pendant que l'Amérique de Faulkner, de Jim Harrison et de Cormac McCarthy se mettait au garde-à-vous à son passage. Chapeau à la main, les hommes regardaient disparaître à l'horizon le rêve d'un avenir meilleur, celui promis par les Kennedy. Paul Fusco, le photographe, avait pris presque deux mille clichés appuyé sur le rebord d'une des fenêtres de ce train. Il avait achevé sa journée les mains dans un seau à glace et les bras paralysés par les courbatures, mais dans la boîte étaient restées les images de tous ces gens qui pleuraient, petits garçons agitant des drapeaux, jeunes filles jetant des fleurs, soldats droits dans leurs uniformes, les doigts sur le front dans un dernier salut militaire.

La jument, primipare, respirait bruyamment. De temps à autre elle hennissait, mais ça n'était pas le hennissement de plaisir par lequel elle répondait à mon coup de klaxon quand elle me voyait passer.

Il a fallu que j'atteigne le fond des cornes utérines, immenses, sous l'œil impressionné des enfants. Ma main droite opérait du tranchant pendant que de la main gauche je tirais, ensuite j'ai étendu le placenta sur le sol propre pour en vérifier l'intégrité. Étalée, cette membrane ressemble à un curieux pantalon en soie violette. Les garçons respiraient la bouche ouverte, les poings dans les poches comme leur père, derrière eux. Ils ont fait un pas en avant pour mieux voir, puis, ensemble, on a nettoyé le petit. Déjà debout sur ses pattes d'araignées, il a levé le museau pour chercher la mamelle.

L'ai-je déjà dit ? Je suis fière de mes mains. Elles sont dures et lisses comme du cuir, les ongles coupés ras, les tendons saillants. Jamais je ne mets de gants, la délivrance, j'ai besoin de la toucher. Je vois cela comme un héritage de maman : si elle n'a pas réussi à faire de moi une musicienne, elle m'a tout de même légué sa poigne puissante et sensible. Des mains comme de bons outils, faites pour plonger au cœur de la vie. Je n'ai pas d'anneau aux doigts, pas de liens aux poignets. J'aurai traversé ma vie les paumes ouvertes et laissé couler le temps comme de l'eau, comme du sable, sans rien garder.

Après le poulinage je suis rentrée chez moi. Le soleil, encore rouge et bas sur l'horizon, est un soleil d'automne – mais d'automne dans le Sud. Le givre de la dernière nuit est une exception, là où j'habite désormais. Je ne supporte plus le froid, ou peut-être n'ai-je plus envie de le supporter.

De la fenêtre de la cuisine, je vois des immenses prés encore embrumés. Les quelques buissons près des fossés, entourés de fines toiles d'araignée, palpitent dans le vent, frissonnant comme des voiles de mariées. Plus loin, des vaches noires sont couchées au milieu d'aigrettes blanches, avec leurs nouveau-nés. Chaque brin d'herbe scintille dans l'air propre du matin. Je remplis le filtre de café, je visse la moka, je la place sur le brûleur du gaz et je me retourne pour embrasser Gio qui vient d'arriver. Ses joues sont toujours ce mélange de velours et de papier-émeri qui m'avaient enchantée. Il rentre ici chaque fin de semaine et se prépare à entrer à la ENV.

Je lui ai appris autant qu'il m'a appris. La hargne, la tendresse qui se mêle à la brutalité, la domination qui cède le pas à l'abandon. Il s'est donné à moi, je l'ai pris.

Je le garde encore un peu.

En mémoire de Frog, Willy, Milady,
Graffiti et Cléo

Remerciements

Tous mes remerciements à l'équipe de la Villa Yourcenar, au Mont-Noir, où j'ai passé deux mois entiers à écrire – et à rêver.

À Luisa de la Pensione Casa Garibaldi, Sant'Angelo d'Ischia.

À Nicoletta Pacetti, qui me relit entre ciel et mer.

À Isabelle et Jean-Christophe, pour la porte du paradis à Thélème.

À Isabelle Crouzet, Jeanine Calvet, ma fée de Robion – et un baiser à Colette et son Pompon.

À Capucine, Ann, Francesca, Guillaume, GP et Stefano. Et à Anne-Marie, Daniel, Dadou, Jean-Philippe et Suria, Françoise et David, « the gang ».

À René Vuillermoz.

À Anne Castagna et M.-C. Romary.

À Delphine.

Et à Vini.

Pour l'éditeur, le principe est d'utiliser des papiers composés de fibres naturelles, renouvelables, recyclables et fabriquées à partir de bois issus de forêts qui adoptent un système d'aménagement durable.

En outre, l'éditeur attend de ses fournisseurs de papier qu'ils s'inscrivent dans une démarche de certification environnementale reconnue.

Ce volume a été composé
par I.G.S.-CP à L'Isle-d'Espagnac (Charente)

Cet ouvrage a été imprimé en France par
CPI Bussière
à Saint-Amand-Montrond (Cher)
pour le compte des Éditions Stock
31, rue de Fleurus, 75006 Paris
en janvier 2009

N° d'édition : 01. – N° d'impression : 083975/4.
Dépôt légal : février 2009.
54-51-6019/1